勤华阁集

QINHUAGE JI

陈光华 ◎ 著

安徽师范大学出版社

ANHUI NORMAL UNIVERSITY PRESS

· 芜湖 ·

图书在版编目(CIP)数据

勤华阁集 / 陈光华著. — 芜湖：安徽师范大学出版社，2021.7
ISBN 978-7-5676-5218-7

Ⅰ.①勤… Ⅱ.①陈… Ⅲ.①诗词－作品集－中国－当代 ②散文集－中国－当代
Ⅳ.①I217.2

中国版本图书馆CIP数据核字(2021)第127470号

本书系国家级新工科研究与实践项目《面向新经济的冶金·材料专业链群改造升级机制探索与实践》(项目编号：RE19200003)、安徽省高等学校人文社会科学研究重点项目《讲坛文化在高校"三全育人"理论与实践中的作用研究》(项目编号：sk2020A0171)、安徽工业大学教育教学教研重点项目《大学图书馆多元包容"三全育人"服务体系研究》(项目编号：2020jy13)阶段性成果。

勤华阁集　　　　　　　　　　　　　　　　　　　　　　　陈光华◎著

责任编辑：胡志立　　责任校对：胡志恒
装帧设计：丁奕奕　　责任印制：桑国磊
出版发行：安徽师范大学出版社
　　　　　北京东路1号安徽师范大学赭山校区　　　　邮政编码：241002
网　　址：http://www.ahnupress.com
发 行 部：0553-3883578　5910327　5910310(传真)　E-mail：asdcbsfxb@126.com
印　　刷：苏州市古得堡数码印刷有限公司
版　　次：2021年7月第1版
印　　次：2021年7月第1次印刷
开　　本：700 mm×1000 mm　1/16
印　　张：16
字　　数：268千字
书　　号：ISBN 978-7-5676-5218-7
定　　价：59.80元

序　一

　　本书作者，笔名月湖，中华诗词学会会员、安徽省诗词学会会员、安庆市诗歌学会会员，安徽工业大学图书馆副馆长。

　　月湖是我的学生，我曾教过他三年的高中英语，师徒关系非常好，甚至无话不谈。五十年前月湖于安庆乡下月湖畔出生，又于月湖畔度过少年时光。依山傍水的美丽小村，十几年的气息浸润，赋予了月湖淳朴善良的品性和娴静高雅的气质。青年时入城求学，大学毕业后走上三尺讲台，于映书畔开始高校教书育人至今。

　　经过几十年的岁月洗礼，月湖少时形成的品性与气质随着知识的慢慢积累和眼界的逐步提升，化为对于新时代中国特色美好乡村的尽情歌颂以及对于教书育人的不竭动力，并借以手中之笔化为一串串跳动的诗行。多年来，怀着对生活和工作的无限热爱，月湖持续创作诗歌、散文，或咏祖国山河壮丽，或咏美好城乡面貌，或咏高等教育的黄金发展。

　　月湖自筑有勤华阁，距映书湖一箭之遥，其诗词歌赋多出自阁中，此系本书《勤华阁集》之名的由来。全书分古典诗词、现代诗歌两大板块，共计400余首（篇），其中古典诗词300余首。以古典诗词为主体，兼及现代诗歌。古典诗词部分含古风、格律诗、曲、词等几个部分，以格律诗为主体。

　　全书立足于弘扬、传承中华优秀传统文化，力图通过当代诗人创作古典诗歌的形式，以现代人之间的近距离感及亲和力，倾力培养当代人传唱优秀古典诗歌的兴趣，有效激发当代人投入古典诗词创作的兴趣，提升当代人创作古典诗歌的技巧与水平。

全书内容来源于月湖的日常工作、生活与学习，浓缩了改革开放几十年来，尤其是进入新世纪以来，国家城乡面貌变化以及高等教育发展的点点滴滴，其目的一方面是使读者见微知著，从细微之中体味新时代中国特色社会主义建设与发展的伟大成就，培养其更加高尚的爱国情操和更加强烈的民族自豪感；另一方面激发读者勤于观察生活的习惯，提升其体会、描绘经济社会发展的本领。

本书的特色有四：

其一，内容贯古通今。以古典结合现代形式，充分体现中国古典文学创作手法之精髓。

其二，体裁格调高雅。以诗歌散文为主要形式，充分体现文学温润如玉之精髓。

其三，章法守正出新。古典诗词创作严格遵从《平水韵》《词林正韵》以及大方之家的词谱，适当添加现代流行用语，质朴中蕴含个性，灵动中透露敦厚。

其四，态度科学严谨。凡专有名词一律以"首（篇）"为单元做备注，尽力使读者随手翻到任何一页中的任何一首均能有效成诵。尽量于题名中体现成诗时间、背景，力图为读者呈现创作时的原始意境，增强诗歌托物言志的艺术效果。

本书适用对象范围广泛：

其一，适用于古典诗词创作及爱好者。从体裁上看，本书以古典诗词为绝对主体，一者，系按照古典诗词格律词牌认真创作，个中古典元素浓郁，当受古典诗歌爱好者青睐；二者，系当代人基于现代语境及生活环境所为，故对于古典诗词创作初学者而言，既显得熟悉亲切又能提振信心，可作为其学习临摹的范本。

其二，适用于普通阅读者。从内容上看，本书"古典诗词"板块虽严格按照古法进行创作，但创作过程中努力避免了艰深晦涩，故也适宜多数普通水平的阅读者。现代诗歌更是洋洋洒洒，能让人一气读完。从这个意义上说，在当前国家大力推行"全民终身学习"战略、倡导弘扬中华优秀传统文化的环境下，本书有利于在一定范围内推动国家"全民阅读"活动进一步深入，为社科知识普及工作锦上添花。

作者迄今绝大部分时间均工作、学习、生活在大学校园，本书的大量内容也是基于大学校园的南北东西以及大学生成长的点点滴滴，因而称得上是大学校园文化的有机组成部分，有利于提升大学校园文化品位。作者寄情祖国大好河山，尽情讴歌了新时代中国特色社会主义的伟大成就，在写实中凸显亮点，在平铺直叙中彰显层次，将美好城乡面貌浓缩成一幅幅幸福画面，将城乡文化魅力物化成一股股可以让人轻易感知的力量，当受城乡居民普遍喜爱，有利于提升城乡文化品位。

丁韶

2020 年冬于安庆

（丁韶，自号老怪春秋。安徽省安庆市东升中学高级教师，中华诗词学会会员，安徽省诗词学会会员）

序　二

戊戌仲春，余与月湖相识于安庆太白楼诗词研究会微信聊天群，群员互为诗友。研究会常于群内定期布置课业，统一命题，由会员或诗或词，成后传于群内，一者供诗友同睹，于鉴赏中深究瑕疵，以求共同进步，二者集大家成果，待条件具备时结集成书，以彰诗歌魅力。余彼时已赋闲居家，虽年过花甲，但身体犹壮，时间及精力均许余细览群内诸家诗词。但余仅观诗词表里，多不记其所出何人。辄有命题，总能于洋洋大观中见一枝独秀，风格独特。初时余不甚上心，后渐觉历次独秀似出自一人之手，终于一日留心，乃知有诗友曰月湖者。遂求加微信，以便闲时私下学习附和。

余观月湖诗词，简洁不失完整，通俗犹带古朴，自然而无造作，工美而无雕痕。每于小处发端，托物言志，足堪深究。吟其"闻说洛阳牡丹好，未曾亲见憾难消"之句，于中能轻松窥见作者绝非憾意，唯华夏之历史悠远尔；诵其"如画江山得多艰，承先继未何须差"，可觉其"不忘初心，牢记使命"之担当意识喷薄欲出。而"可怜疫事深如海，难阻顶风冒雪人"，则见其对新冠疫情发展态势之明显担忧，其对奔波于生计而于风雪中晚归之人之深深怜惜跃然纸上。

诗人久居高校，忙于教书育人，仍痴痴眷恋故乡山川，其情其性远未随现代物欲而肆淌，故能"向年关，轻衣简裳，故乡独行，踏寻常路径，赏景看人"，高吟出"金龟丘下烟笼树，五里坝上草连屋。辞旧家家响年炮，迎新户户飘屠苏"之新时代美好乡村之绝美。

余与月湖微信聊天，其谈吐风趣细腻、博大精深，令余渐生面见之渴慕。偶知竟与其同居江左，遂方便行事，终得约见，竟至于常常相聚，而成忘年之交。余长月湖一十五年，但敬其才华品格，而以弟礼待之。月湖每每拒受，但不奈余之坚执，遂受之。

余观月湖貌样，唯谦谦君子矣。其温润如玉，虽过半百，却宛若少年之翩翩，足显其内心之纯净淡泊。尝与饮，每于醉处更显良善本性。

尝与游，月湖察物之仔细、思维之敏捷、总结之练达，每令余钦佩不已。因其总能于狭微处随口立占，见人见景即刻成诗，令余嗔嘲己之愚钝。常临水而歌，对菊而咏，余每每双竖大拇指，赞其颇有三变之才，可接陶公之襟，而其亦往往无语，仅还以一笑而已。

月湖系专技人员，仍常年于诗山笔耕不息，实难能可贵。多才而有情怀，谦逊而有担当。欣闻其诗歌拟结集出版，余慷慨作序以赠，聊表喜悦之余，权作衷心祝贺。

王立泉
2020 年冬于马鞍山金安家苑

（王立泉，号白水，中华诗词学会会员，安徽省诗词学会会员，马鞍山牛渚诗词研究会会员）

目　录

第一部分　古典诗词

一、格律诗

二、词曲

三、古风

第二部分　现代诗歌

第一部分　古典诗词

一　格律诗

二　词曲

三　古风

一、格律诗

（一）绝句

安工大首届诗词大会印象

淡淡清光里，
含珠吐绣时。
翩翩儿女好，
会诵数行诗。

黄龙岘秋意

卸下女儿红，
乌蓬柳荫中。
不知山气暖，
疑是绍城东。

注　黄龙岘，在南京市江宁区，系新时代美好乡村名胜风景区。岘下有湖，湖上有老柳，柳下有乌篷船。绍城，指绍兴，多乌篷船。

辛丑年立春日迎春

朝沐去凡尘，
躬身接早春。
帘栊开启处，
劈面是光阴。

赞好干部廖俊波

上能摘日月，
下可入民间。
但为家国计，
清风两袖悬。

注　廖俊波，毕生笃定社会主义和共产主义理想信念，为党和人民的事业奋斗终生。2017年3月卒于福建省南平市副市长任上，2017年6月先后被中共中央、中共中央宣传部追授为"全国优秀共产党员""时代楷模"。

笑

解得雷霆怒，
能浇万古愁。
明消雄士骨，
暗里写春秋。

雨山湖公园庚子秋"菊韵诗城"菊花展首日

看花何必到东篱，
湖上飞来百万姿。
欲遣新词图律绝，
枯肠搜尽不成诗。

附马鞍山市作协吴利民老师韵和一首

听闻菊艳赛东篱，
湖上风摇婀娜姿。
独立深秋成一绝，
佳英开尽已无诗。

河上早梅

慈湖河上又逢春，
妆满堤头艳艳新。
南国犹然年味重，
此时花下尚无人。

注 河，指慈湖河，在安徽省马鞍山市，南北向贯城东入长江，全
长三十公里。

月湖晨望

五里长堤一望间，
皖川旖旎去云湾。
从前不识吾乡美，
放浪身心未得闲。

注　月湖，村名。村因湖得名，湖在安徽省怀宁县境内。皖川，
指皖河，又称潜河，发源于安徽省潜山境内，经潜山、怀宁二县，
于安庆注入长江，全长二百多公里。

辛丑春日午后于万嘉颐园所见

白日青天倍觉曛，
颐园尽处看缤纷。
不堪老迈图闲倚，
随手现裁一处春。

注　万嘉颐园，小区名，在安徽省马鞍山市花山区。

朝起闻鹧鸪惜时自勉

住进城中不听鸡，
流光睡却幕帘低。
鹧鸪也晓催人起，
每始三更奋力啼。

春行即兴

简鞋细步向城东，
时有轻寒下柳风。
行至冯桥西拐角，
鹃花映日不胜红。

（注） 冯桥，在安徽省马鞍山市慈湖河上，近年重建，双向四车道，系市区交通主干道。

冬日朝行

朝行华露染襟胸，
宁走偏门远正宗。
为有荷香公寓下，
一墙老竹独经冬。

庚子首雪

昨夜来时妻在床，
合期待晓看浓妆。
今观林表星星色，
知君连夜已过江。

见微信朋友圈同晒庚子年首雪戏题

天上人间共与闻，
琼花朵朵降殷勤。
家家争把琼花摘，
只恐琼花不够分。

阅"时代楷模"传奇校长张桂梅事迹自勉

五秩江湖老且痴，
惯将双眼合时宜。
谁知眼里犹多泪，
任我临屏一泄之。

晚归代小区路灯言

量丈红尘有本心，
身忧世事愿浮沉。
一如此际阑珊夜，
清魄叨陪醉影深。

庚子重阳节伤怀

总将老迈指重阳，
新曲年年寄远方。
今早镜前疏鬓里，
星星点点不胜忙。

庚子秋薛家洼滨江观景台望杨树林湿地

迁延南北密如麻，
防护滨江十里沙。
毕竟泥基根底软，
微风轻拂万杆斜。

霜降日听安工大振华讲坛专家徐斌报告

洒洒洋洋两小时，
春风融暖入秋迟。
振华馆外桃千树，
新发纤纤百万枝。

注　徐斌，安徽省作家协会会员，安徽省语言学会会员，安徽和县文化研究会副会长，安徽工业大学振华讲坛专家库成员，中学高级教师。

庚子秋开学日映书湖上所见

水凝秋气半湖开，
今日园中发教材。
我恐湖桥承不住，
欢声如瀑卷将来。

注 映书湖，在安徽省马鞍山市，系安徽工业大学秀山校区内湖，位于振华图书馆西，上有小西桥，四岸有细柳。

庚子立冬日行马濮路上

才爱晴阳偏暖好，
复来锦簇看从容。
休言庚子冬寒浅，
待到明春再说冬。

与友聚后送归兼寄远

世事缤纷叹独孤，
休教请我与同途。
湖南路上三分月，
自始殷勤伴月湖。

注 湖南路，在安徽省马鞍山市，为市区交通主干道。

秋夜自东城步行归家遇雨

城东小雨润秋新，
车往车来激浊尘。
霓影疏疏分夜色，
悄悄赠与步行人。

秀山校园见流浪犬

曾入华堂惬意眠，
一朝弃在断墙边。
见人靠近三声吼，
半是宣威半乞怜。

注　秀山校园系安徽工业大学秀山校区，在安徽省马鞍山市秀山脚下。

戏赠暴走一族

挺胸振臂跺红尘，
吓退河流裂坝身。
岂是天生拳脚好，
全凭音乐长精神。

冬夜读《汉书》自题

几前独坐阅春秋，
不到淋漓不罢休。
才检项刘兵百万，
又怜灞水转东流。

讽寄西方某大国总统

身居九五不知尊，
乖舛无常惹祸根。
只怕一朝民怨起，
化为利剑下乾坤。

冬雪夜寄远

电波替我叩乡关，
说道纷纷雪满山。
独坐江南温室里，
还忧二老不胜寒。

阅文有怀

自诩心如古石坚，
谁期曲罢泪潸然。
人言天道恩情绝，
长教红尘看不穿。

诗意缘起

　　读法国畅销书作家皮埃尔·贝勒马尔的小说《跳大海的人》，主人公米亚以跳大海为生并养家糊口，即自海边悬崖冒死跳海，以博取游客施恩，赚取微薄生活费。米亚长子托克庞于同一悬崖首次现场观摩学习，以便在父亲遭遇不测时随时继承衣钵，挑起家庭重担。某晚，米亚跳大海后，久未露出水面。托克庞自悬崖纵海营救，由于缺乏经验与技能，粉身碎骨，令人唏嘘不已，深为西方贱民命运担忧，遂命笔。

晨经西湖小区百姓舞台见翁媪舞太极

蹲身乏力起身迟，
茂树筛霞映雪丝。
伴乐何分年少迈？
个中横笛急相吹。

注　西湖小区，安徽省马鞍山市居民社区之一。

映月桥

古木苍颜少曼姿，
此身已是许南池。
经年密柳楼心里，
明月何由逐照之。

秋夜醒后听寒蛩

眠在层楼任月行，
寒蛩惊梦每三更。
草间料是声难远，
特上窗台为我鸣。

秋日郊行感惑

单车郊远访秋霞，
囊袋空空转返家。
忽见楼前银桂树，
欣欣已发旧年花。

庚子十月十日题"世界精神卫生日"

东坡居士到西林，
言道庐山看不真。
我请为渠持宝鉴，
乘风直上照均匀。

庚子安工大教工乒乓球比赛

室在东隅透汗香，
年年此际聚乒乓。
青春年少难相待，
举步腾挪尽老郎。

黄玫瑰

清新脱俗出红尘，
更集馨香在一身。
可叹天生黄格调，
不堪携汝赠佳人。

庚子春居家感怀

流光一任自矜持，
避疫居家不记时。
窗外已然芳事老，
楼中犹是睡春迟。

居家春望

欲把春光一望收，
周遭可叹尽高楼。
目光才得随心展，
已被高楼喝转头。

庚子国祭日感怀

一吊含冤抱屈身，
悉知山水与红尘。
惟凭哀婉随高嗓，
难唤周遭假睡人。

庚子清明忆昔

耽于俗事许多年，
哪得坟前拜祖先。
忽忆牛山双膝跪，
已然二十五年前。

（注） 牛山，指牛头山，在安徽省怀宁县境内，上多墓地。

勤华阁一年花事尽

通体枝虬叶抱团，
朝天籽角戴尖冠。
雍容已共花期散，
今始无人识牡丹。

（注） 勤华阁，自筑小阁，系月湖闲读写作之所，在安徽省马鞍山市。

癸未日傍晚过振华馆前观桃花

振华馆下绿成肥，
中有千红带落晖。
自道休言轻放弃，
舍身拼到学伢归。

（注） 振华馆，指安徽工业大学秀山校区图书馆。

庚子毕业季过映书湖遇毕业生着学士装照相

长带鹅冠笑夕晖，
映书湖上学伢归。
寻常故事寻常色，
却是年来第一回。

勤华阁中向日葵

不钦阡陌与高岗，
我自修身泡沫箱。
彩瓦房中无日照，
浮光可借镀金黄。

吾家栀子花发早

端午何曾到我家？
庭中栀子已开花。
阳光房聚真阳足，
成就江南第一夸。

雨中偶过青山庙

巨松成径引山开，
石板千阶到庙台。
平屋几间堆法器，
无人虔敬上香来。

注　青山庙，在安徽省当涂县大青山东坡，自山脚沿石径向上可至。有庙堂几间，老尼几人，香客稀少，香火暗淡。

过清河湾（其一）

秀水盈盈带远山，
江南景致在河湾。
自夸酒量深如海，
经此常常大醉还。

过清河湾（其二）

百米闲弯一鉴清，
东方大厦入波平。
老翁几个横桥立，
向水低头说户型。

小区路灯

茕茕孑立自由身，
一任经冬复立春。
笑看人间非与是，
清晖只照晚归人。

题小区路灯兼寄远

五分魅惑五分狂，
肯许孤身夜未央。
似笑新来天际下，
如何硬挣许多伤？

晚归戏赠小区路灯

倚柱骑墙深竹影，
三更独坐似微醺。
阑珊夜色知多少，
你我将来对半分。

庚子立夏日寄远

掌中消息看纷缤，
窗外元知雨打尘。
回首匆匆春季节，
九分虚晃一分真。

庚子夏初伤落叶兼寄远

凄凄混沌卷焦黄，
一伴清风任四方。
记得月前晨旭里，
犹栖高树斗春光。

东站前天宝路中间花树隔离带

陆离千米就街形，
涵碧摇红织锦屏。
一日经行车万辆，
无人在此做稍停。

注　东站，指安徽省马鞍山市东站。天宝路，为马鞍山市区交通
主干道。

读QQ空间己亥年今日作有慨

激越一声惊示我，
去年今日有闲篇。
诗中桃李依然在，
周际芳华去似烟。

春日晨起开窗即兴

重帘轻起引朝晖，
满眼参差拱翠微。
住在江南浑不觉，
居家便是拥芳菲。

夜归遇雨

夏初天气看无端，
彼刻清温此刻寒。
樟叶从容随雨坠，
无声陪我夜阑珊。

春日早醒睡回笼觉听鸟

红尘内外总相通，
处处都有急先锋。
窗外百鸟啼乱里，
一只独断如司空。

己亥腊八节朋友圈诗词大作而周遭无粥戏题

佳节逢年大吉祥，
恨无巧妇煮馨香。
芳华往往浑闲绝，
幸赖诗人费品章。

见红毛巾联想新冠肆虐有忧

无限春光任自夸，
恼人天气各居家。
不能陌上寻春去，
且把此红作桃花。

雪夜望马濮路

独立窗前向夜深，
街灯照雪落纷纷。
可怜疫事危如海，
难阻顶风戴雪人。

注 马濮路，在安徽省马鞍山市，为市区交通主干道。

题武昌医院原院长刘智明肖像图

哀荣几许赠平生，
尽是红尘不舍情。
多少宅心仁厚客，
功劳簿上未提名。

望某商业街即兴

高楼依旧矗西风，
大字招牌一望中。
可惜春来人客断，
门前今不炫霓虹。

赞叹白大褂于新冠最严重时逆行武汉

世事原来有果因，
哀荣无数可加身。
怜它纵使如金贵，
难赎人生一二春。

庚子乙酉日薄暮寄荆楚

欲捎问候恨无方，
特上危楼问夕阳。
此去途经荆楚界，
或能替我寄安康？

朋友圈见图感怀（其一）

滚滚红尘庆有疆，

莫将旧痛续新疮。

年来历历伤心事，

看取疏疏字两行。

诗情缘起

一日朋友圈见图，内有湖南江华县医院，防护服和隔离衣用尽，医护翻出一十七年前非典之役旧袍，其非典之题尚未褪色，又于右肩题"新冠"二字再出征！个中凛然大义、家国情怀颇令人动容。遂命笔。

朋友圈见图感怀（其二）

寻常未觉爱相亲，

此际唇间重万钧。

谁信今番离别后，

犹同生死共为人？

诗情缘起

一日朋友圈见图，内有年轻医生，于逆行武汉前与妻拥吻，万语千言尽在双唇间，依依惜别之情颇令观者伤怀。遂命笔。

阅文《武汉,小人物林军走了》有怀

富贵贫穷都一晌,
豪横失意又何妨?
红尘尽解其中意,
莫把流光话短长。

诗情缘起

此文系武汉中心医院疼痛科主任蔡毅所撰悼文,其中"林军"者,武汉中心医院楼前杂货店主人也。寻常即宅心仁厚,乐善好施,疫情期间更穿梭于医院,尽己所能帮助医患,终致染疫而亡。其所行虽皆为寻常小事,却颇能打动人,获交口称赞。遂命笔。

朋友圈见图戏题

无边美食助三围,
各各丰腴胜贵妃。
但使阴阳通信使,
明皇定会去还归。

诗情缘起

一日朋友圈见图,中有貌似杨玉环且体态更丰腴者,其旁有字曰:"等疫情结束,开门涌出大批杨玉环,将会重现我大唐繁荣盛世。"明皇,指唐玄宗李隆基。

冬夜题冰雪图

闲倚清温不觉寒，
思飞白玉覆雕栏。
谁知浩荡冬霜里，
犹有行人赶路难。

阅安工大庚子春献词有感

一枝红艳带乾坤，
唤醒东风在一身。
不问前途晴或雨，
韶华不负向春深。

闲居自寄

手把清茶向小窗，
揭帘欲引艳阳光。
妻云一屋都装满，
我却将将放半房。

暮春登勤华阁戏题菜薹

青青薹菜权三分，
淡淡馨香不忍闻。
妻问"欲知其味否？"
我云"生死尽由君。"

晴雪朝醒

昨夜迟眠晓睡轻，
无端梦里觉心惊。
帘珑已是分明白，
雪衬晴光更刺睛。

春日晴午阳台观茶花

一团碧绿巧妻裁，
细细春风拂面来。
午后慵慵人自困，
艳阳底下待花开。

寻月不遇

栏杆独倚著衣轻，
料峭春寒带黑生。
明月难堪今夕苦，
不临尘世照空城。

参加安徽省图联盟年会后夜自肥返马途中作答当时诸事

总谓平生类转蓬，
不投机巧问虚功。
但因家国兴隆计，
岂惧微躯向晚风？

观安工大化院2019级新生表演

摊破无常苟日新，
电光深处有天真。
他年审视今朝事，
一笑轻轻不与人。

晚归停车于小区外步行至家

停车只在东门远，
踩碎轻寒带月归。
许我多行一万步，
练成腿脚健如飞。

晨起推窗闻桂香

晴好声中带早凉，
可堪微启小轩窗。
殷勤依旧窗前桂，
透缝呵来一缕香。

振华讲坛第十九期专家陈亮教授印象

行经海角到天涯，
阅尽春风不恋家。
信手指看浓淡处，
星星点点是芳华。

己亥中秋夜与友行坝上偶得

夜色清新好个秋，
无边景象不胜收。
细看光影朦胧处，
月比街灯矮一头。

振华馆里座难求

跟随旭日上高楼，
锦绣华年好自收。
正是人生勤学季，
振华馆里座难求。

注 振华馆，安徽工业大学秀山校区图书馆。

戊戌岁教师节感吟

少年玉面初登场，
一曲才休已老郎。
点检平生闲作传，
零零碎碎不堪扬。

经行冯桥偶得

不须临水怅西风，
世事如何想得通？
许是无心还有意，
新来三访上湖东。

注　冯桥，位于安徽省马鞍山市慈湖河上，四围水木清华。近年重建，双向四车道，为城区交通主干道。上湖者，马市城中村也，尚余农村气息，颇能勾人回忆。

"九一八"听防空警报

应记年年当此际，
三声空笛警时人。
身遵信义今由古，
法则丛林夜到晨。

清晨小区寻车不得

拟把闲情入晓风，
遍寻座驾目空空。
原来夜饮槐花酒，
醉在汇成小巷东。

注　汇成，指汇成上东，小区名，在安徽省马鞍山市。

题高山流水图

何必瑶琴五十弦，
八音一样落飞泉。
须知似此风流事，
都在墙头画里边。

戏题

持来符节护山川，
重担千钧挂两肩。
点检手中兵百万，
几无大将可驱前。

诗情缘起

　　撰写2018年度皖苏高校图书馆馆长论坛发言稿，基础材料颇多，但觉横向亮点甚少。有感。

小池

谁人不爱此天时，
占尽风情是小池。
他日我从朝中退，
长竿箬笠自成诗。

小区偶遇春梅开

似乎知是故人来，
一剪轻轻带雨开。
约束春光留与住，
不随秋月映窗台。

观历史剧《天下粮仓》

雨顺风调日月淑，
当时何计苦樵苏？
上苍欲问浑闲事，
还索人间酒一壶。

阅文伤怀

虽然无奈是生离，
毕竟重逢冀有期。
忽报生离成死别，
肝肠痛断共谁知？

诗情缘起

一日阅文，有国内知名医学专家夫妇者，相约百年之后捐献遗体于博物馆，为国家医学事业再做贡献。十年后，夫妇于博物馆相逢。事迹感人至深，遂命笔。

2019年"爱阅之悦"读书节新书展现场

高棚霸气罩将来，
万品新书次第开。
莫道吾侪为学浅，
倾心点检细思猜。

注 "爱阅之悦"为安徽工业大学校园文化建设品牌。

湖上新晴午后

何为画意与诗情？
阴雨绵绵乍放晴。
风过桃花寒意浅，
行人特特上闲亭。

丁酉消暑诗

一盏清茶一袋烟，
韦编磨烂有贤篇。
忽听窗外蝉声唱，
始觉江南是暑天。

游兴禾村金色田园

万亩园中尽是香，
岸花杂在水花旁。
匆匆半日看清浅，
橙绿青蓝赤紫黄。

注　兴禾村，位于安徽省当涂县，号称万亩，中有"金色田园"度假村。

戏题

本为天上一裙钗，
化雨随风入世来。
许是前生修未满，
未曾落在镜妆台。

诗情缘起

　　某日下午，吾欲驱车至东城。因连日晴好，车窗生尘。忽而下雨，唯一滴落窗入尘，化成美女状，妩媚动人。吾颇感惊奇，遂命笔。

题老牟朋友圈图

雨后群山尽黛青，
孤云欲走复来停。
行人直道天光远，
尽叫驱车往里行。

　　注　老牟者，月湖诗友也，中冶华天高工。暑期之宁夏、青海旅行，连日阴雨。拍图若干，传于朋友圈，直言北国雨季不输江南。细审其图，果如其言。遂命笔题图。

戏题鹰嘴状黄瓜（其一）

从来器质自天成，
凛凛威风带怒生。
纵使化为瓜寂静，
也教尘世胆心惊。

戏题鹰嘴状黄瓜（其二）

不羡昆仑松不老，
不随霄汉风光好。
且将如意自由身，
化作红尘肥百草。

阅朋友圈吊屈原诗词

遍遍离骚唱断肠，
声声天问问沅湘。
时人知把忠魂吊，
不谴新词骂楚王。

大青山太白墓

转过苍苍老木林，
诗仙寂寞望天门。
当年若不邀明月，
何处青烟绕古坟。

(注) 大青山，位于安徽省当涂县，中有太白墓。

图二支部西梁山顶重温入党誓词

我共云霞立险巅，
誓言凿凿震山川。
初心不忘千钧重，
漫卷红旗映碧天。

(注) 图二支部，指安徽工业大学图书馆第二党支部。西梁山，位
于安徽省和县长江边，与东梁山隔江相望，是为"天门中断楚江开"
所指"天门"。

遥寄兼答各位亲友关注余冬至日朋友圈

昨夜梦中家万里，
醒来已是五更时。
岁逢今日多焦虑，
人寿寒冬倚势欺。

丁酉冬至夜寄怀

听风携雨共徘徊，
似有千千结未开。
料想彩云千里外，
犹为明月照窗台。

走路有感兼答

经年走路当修行，
一日三回省自身。
深考平生遭际事，
强筋健骨长精神。

一赞孙卓恭老人

修成德艺双馨客，愿做扶危济困人。
妙笔可题行隶草，痴心总眷弱孤贫。
无偿捐助年轻者，何肯安宁岁老身。
表率乡邻张大义，真教后辈长精神。

诗意缘起

　　一日阅光明日报文章《92岁老人的七年捐资助学情》，言孙卓恭老人，省吃俭用，乐善好施，多年捐资助学，并教导子女多行善事，获时人交口赞誉。孙卓恭，安徽省书法家协会会员、安徽工业大学退休教师。

二赞孙卓恭老人

本为德艺双馨者，
还是扶危济困人。
表率吾曹行大义，
安贫乐道自精神。

自佳山校区归家途中戏赠夜雾

拜罢金銮待转还，
阶前已是夜婵媛。
匆匆步履凭谁共？
拂面轻轻有暗岚。

戏题晨雾

铺天盖地卷将来，
万道金光扫不开。
信手裁来一小块，
轻轻送我到兰台。

(注) 兰台者，图书馆也。

劝善

处世文章各不同，
败名何必虎狼攻。
吾曹见惯浑闲事，
岂料修身是细功。

银杏湖

相与群山邀一水，
天光云影共晴晖。
阵风拂过微波起，
满眼粼粼似鹭飞。

(注) 银杏湖，在南京市江宁区，系新时代美好乡村名胜风景区。

湖南路桥下水声印象

琵琶弦上朝霞薄，
鼗鼓槌中暮色深。
岂有浊清退迩意，
晚来桥下静嚣音。

(注) 湖南路桥，在安徽省马鞍山市慈湖河上，系湖南路之一段，
双向四车道，为市区交通主干道。

下班前偶作

惯于伏案忘身心，
淡淡新寒脚底侵。
料想窗前时尚早，
转头已是暮深深。

偶失

欲爱池中郁郁香，
无端拍得画焦黄。
三江春水雷霆怒，
五岳青松自在长。

诗情缘起

　　一日余过一片花地，喜其五色斑斓，更兼郁郁香气。于是，随手取手机拍照若干，欲待归家后细细观之。岂料，余拍照水平如此糟糕，竟至于手指遮挡了镜头，只拍得一片焦黄。余自嗤笑，于是提笔，得二十八言，命曰《偶失》，意"偶有所失，警而后戒也"。

慈湖河柳路上作

西堤杨柳渐成荫，
端若菩提五十尊。
谁料经年人不问，
一朝雍容笑乾坤。

中秋夜勤华阁临窗

独倚危栏怜桂魄，
遥凭居士念东坡。
举头犹是诸城月，
还唱千年水调歌。

注　诸城，指山东省诸城市，北宋时称密州。中有超然台，为苏东坡任密州太守时所建，《水调歌头》（明月几时有）即写于超然台。

重阳敬

放歌一曲夕阳红，
明月清风下碧空。
照见高山松不老，
吹知大海水长东。

二游黄龙岘

呼朋岘上再寻龙，
举目黑白百万崇。
误入茶山深似海，
不知南北与西东。

注　黄龙岘，在南京市江宁区，系新时代美好乡村名胜风景区。岘下房屋鳞次栉比，黑瓦白墙；岘上有茶园万亩，毛榉参天。

中秋夜思亲

岁到此时相思甚，
今年犹是异乡人。
娘亲万里频追问，
欲说还休话半嗔。

濮塘秋意（其一）

陶然何必借觥筹，
伸手轻拈酵曲头。
不信且来随我看，
艳妍一片醉三秋。

濮塘秋意（其二）

流光得意下晴空，
一韵山川尽紫红。
不是几枝松叶瘦，
直疑春在剑湖东。

（注） 濮塘，在安徽省马鞍山市雨山区，系新时代美好乡村风景名
胜区。中有湖曰剑湖，原名东方红水库。

横江馆

横江馆对台联壁，
难得平波映翠微。
径入轻寒萧瑟里，
也吟太白恶风归。

（注） 横江馆，在安徽省马鞍山市采石矶风景区内，因李白《横江
词》而得名。李白《横江词》有"海神来过恶风回"之句。

九月初三夜吊白居易

纷纷雅客追遥夜，
摘句寻章吊玉弓。
恨不身亲琼露处，
新词老赋祭秋风。

南国秋风

教知万籁声声慢，
际晤流云势万钧。
吹得江东霜气暖，
发开红艳一枝春。

霜降日微信朋友圈诗词大作戏题

昨日圈中俱怕冷，
却无霜降阻花期。
须知节气江南晚，
为赋新诗强说词。

秋夜醒三更随记

梦中渴醒寻茶饮，
窗外寒蛩不住鸣。
恐怕籁声随意断，
轻轻黑里起三更。

阳产秋意

成画何须砚墨功，
只凭鬼斧巧神工。
土楼千载藏玄妙，
留得行人不肯东。

注　阳产，在安徽省黄山市歙县境内，以土楼闻名。据传，行人
至此多不向东，概言其景致美无朋比，行人于是观止矣。

小塘秋夕

如何恁地好秋光，
一鉴清清转炫黄。
借得西风无限意，
残荷吹彻半池塘。

荟灵湖秋意

非晴非雨午亭东，
似冷还凉细柳风。
无有源头来活水，
不堪映日照宾鸿。

注 荟灵湖，在安徽省马鞍山城东，系安徽工业大学秀山校区内湖，未连活水，面貌混沌。

蟹殇偶占

江河湖海作疆场，
画戟双提战斗忙。
无意安邦持国事，
如今被虏各封王。

诗情缘起

余夏日午后之菜场，于入口处见售卖大闸蟹摊位。蟹论重以斤两入箱，其中五两及以上者作一箱，称为"蟹王"。有感，遂命笔。

午后映书湖上行

不负园中好物华，
小西桥上听鸣蛙。
半湖水藻绵如发，
一岸樱花粲若霞。

万山村秋夕

黑瓦白墙还可见，
游人渐去榭渠闲。
半山已起星星火，
一柱冲天是灶烟。

注　万山村，在安徽省当涂县，系新时代美好乡村名胜风景区。中多徽派建筑，黑瓦白墙。

东湖秋意

吹面轻轻是暗岚，
半壶碧水煮一山。
绿杨荫里十千步，
行遍曲曲所有弯。

咏丹桂待安工大校史馆开馆时作

不与李桃争冶艳，
何钦松柏利名场？
且同秋菊分金色，
更共西风满苑芳。

晚过安工大校史馆

向晚行经校史楼，
可怜桂树空枝头。
手机随录当时景，
一许闲情付打油。

今秋丹桂迟路上戏作

月近中秋入画期，
今年树上尽空枝。
人言岁润舆情晚，
我笑台风爱绝痴。

注 今秋，指戊戌秋，多台风，城中桂树多毁损。

齐云山印象

混沌红云盘顶上，
真峰却又似虚峦。
遍传诸友求门道，
均笑玄机看不穿。

和曹克考先生题楚霸王

居近乌江霸巷东，
未曾俯仰慰雄风。
欲攀高雅题流水，
到底才疏腹内空。

行路上望天即兴

总见乌云不自量，
闲学挡臂作螳螂。
太阳岂是寻常物？
一泄即能震四方。

附曹克考原玉

题诗何处吊英雄?
楚水吴山万里风。
霸业无缘成憾事,
王朝气数水流东。

注 曹克考,安徽省明光市人,中华诗词学会、中华楹联学会、中国辞赋家协会会员,中华辞赋家联合会常务理事,安徽作家协会、散文家协会、民间文艺家协会会员,安徽诗词学会理事、散曲学会副会长,江苏省红楼梦研究会会员,诗词曲赋俱工。

观七十年代农村老照片

清风明月不堪收,
遣梦红尘春共秋。
似水韶华多少事,
都随浩荡大江流。

见双心图赞安工大六十周年校庆

捧出桃李芬芳意，
成就红白爱两颗。
定是化功达日月，
不由天地巧撮合。

诗情缘起

戊戌辛酉月乙卯日（2018年9月20日），适逢安徽工业大学六十周年校庆。学校于秀山校区振华广场前置地标，呈心形，红色，巨大，甚为提振人气。是日也，天朗气清，云霞灿烂。轻风吹拂，云霞游移，自东向西。约在申时，恰巧白云一朵，亦呈心形，缓缓过振华图书馆楼顶，与地上红心上下呼应。其时正值上班高峰，一时全校争睹，皆嗟为祥瑞，意谓为校庆送祝福也。遂命笔。

与背包客群徒步戏题

简步轻装速度奇，
穿山过水莫迟疑。
前锋已到江宁府，
太守还言尚不知。

注 背包客，徒步群名。江宁府，戏指南京江宁。喻背包客为大军、江宁为府，故有"太守"之谓。皆戏称也。

题背包客群以赠

相随何必曾知己，
水复山重可与期。
既是欢娱留不住，
轻轻挥手各东西。

剑湖初冬

连山接水小亭边，
半染层林独此篇。
堤外西风轻起处，
荻花飞入哪家烟。

注　剑湖，在安徽省马鞍山境内，原名东方红水库。堤外芦荻迁延成片，芦荻尽处是人烟。

振华馆前目送学子入馆

为学艰辛贵秉持，
秋寒拂槛卯申时。
有心助力还无力，
只好停车一望之。

慈湖河上朝行之城东

堤下乐招摇，
堤头鼓点飘。
大妈歌舞地，
一色小蛮腰。

晨起杂感

漫道东风懒，
红尘带笑看。
今朝怜我躁，
遗我倒春寒。

慈湖河上夜行所见所忆

堤上惊逢爆米花，
料无城管夜追查。
曾经乡下东闲里，
一担艰辛走万家。

暮过高铁马鞍山东站

世事由来快若风，
当年东站现城中。
诸君如往东城去，
廿里盆山再向东。

（注）盆山，地名，在安徽省马鞍山城东二十里。

刷微信朋友圈知明日立夏有怀

岁月无情不待人，
休提富贵与清贫。
闲翻微信惊知晓，
明起余生少一春。

慈湖河上朝行偶见

入夏河湾窄似沟，
水边钓者水中鸥。
钓竿忽起惊鸥去，
带水飞过浣女头。

赴2021年浙皖两省高校图书馆合作交流会

凭会今来越女家，
三千街市唱繁华。
马龙车水逍遥处，
何处曾经浣溪沙？

薄暮慈湖河上所见

落尽梅花杨柳发，
匆匆行色去谁家？
无情最是无皮树，
累坏春风不出芽。

注　无皮树，学名紫薇树。

慈湖河上独行

万嘉东望绿成堆
细燕双飞去又回
谁遣西风吹水皱
教人难照鬓全摧

注　万嘉者，小区也，近慈湖河。

慈湖河春行即兴

朝日盈怀远友朋，
亭桥处处尽临登。
虽然弥望三春暖，
犹有轻寒不可胜。

湖上新晴午后

映书湖上乍晴中，
翠绿深青间浅红。
为解昏昏新宿酒，
小西桥北问东风。

节庆公园桃花

一去城皋三五里，
春风桃面胜南庄。
当年崔子今何在，
再否名篇继世长？

注　节庆公园，在安徽省马鞍山市采石河南岸。

步出东门上班去

一入江湖廿九春，
朝朝疲惫赚初心。
霞光怜我薪资少，
慷慨倾囊赠万金。

慈湖河上朝行之秀山

城东紫气不堪夸，
二月菖蒲未发花。
都市农村在坝上，
方塘十亩尽鸣蛙。

（二）律诗

携在马亲友薛家洼游记

午后探春迟，游人已满堤。
为穿芦凼近，宁下栈桥低。
误入潮洼地，空沾一脚泥。
喜欢风乍起，吹水过江西。

注　马，安徽省马鞍山市。薛家洼，滨江湿地公园，在安徽省马鞍山市长江边。

"振华讲坛"专家戎林先生印象

容颜乍似不禁风，岂料团身气若虹。
信手拈来王巷近，无心推却雨山空。
蛟蛇婉转青云外，高鸟冲飞剑阁东。
开口只凭真学问，全场争效古稀翁。

注　戎林，马鞍山人，中国作家协会会员，安徽工业大学振华讲坛专家库成员。振华讲坛，安徽工业大学校园文化品牌。

校园诵读决赛大学生选手印象

一抛青涩各登场，抑郁清扬尽大方。
敢借胭脂捎艳抹，可凭靓丽胜珠光。
翩翩巧技传情远，款款诗书继世长。
谁道吾徒文化浅？抬头欣见少年强。

独坐感于庚子中秋假期过半

长坐南轩独倦疲，六瓜香软沁肤肌。
程书索句求精益，伏案埋头不谩欺。
淡淡虚名闲作土，匆匆世事偶成诗。
勤加餐饭遵妻嘱，蔽体须防老迈痴。

注　六瓜，茶名，安徽六安特产。

庚子夏初携妻驱车过顾村偶驻

桃花落尽田间树，菜荚铺匀面上霜。
鸟合欣欢歌错杂，鸡群散漫影肥黄。
数枝新竹浑塘老，一冢轻坟野径荒。
春日流连人不去，青山脚下古村旁。

注　顾村，位于安徽当涂县太白镇大青山脚下，桃、竹连片。

夏日晨起随题

捣耳揉睛慢起床，时交辰巳不慌张。

清心寡欲因时雨，垢面蓬头沐热汤。

吉列刀迎髭发巧，六安瓜泡典谟香。

殷勤收拾从容去，好把微躯一日忙。

(注) 吉列，剃刀品牌。

画中游雨山湖

四月未曾湖上去，临图可叹一湖光。

亭栖老蔓凝千紫，池醒幽莲嫩半妆。

抬步过桥穿石径，转身遣柳系斜阳。

且随流霭声声慢，不许鹃花淡淡伤。

(注) 雨山湖，在安徽省马鞍山市，城区多条街道因其而得名。

庚子母亲节感吟

苟活红尘五十春，红尘难寄自由身。

家严每嘱忠君事，居士天生报国臣。

只借电波飞万壑，不凭鸿雁越千津。

今番清室回头望，纷杂江湖厌作宾。

初夏午后行慈湖河左岸

空里流岚似水摇，抛家傍路是桃夭。

蒲花乱点红黄白，苇叶轻舒嫩碧娇。

鱼引双鸥随浪迹，风携群蝶过冯桥。

忽然几处疏疏草，笑我苍然鬓发枵。

注　冯桥，在安徽省马鞍山市慈湖河上，四围水木清华。近年重建，双向四车道，为城区交通主干道。

安工大党员突击队采石河防汛

一声号令震崇阿，就列巡防采石河。

不跨银鞍称匹勇，且披雨具照清波。

斜风细雨红菱浪，碧血丹心好汉歌。

千米堤头勤检点，超山笼雾共吟哦。

注　庚子夏，大涝，安徽工业大学组织党员突击队前往防汛。

赴学校庚子年教学工作会议有怀夜醒作

年头岁杪上层楼，一半欣欢一半愁。

虽悯雄心居旷达，固难强项挺风流。

阴阳自始无穷理，否泰从来有尽头。

但为三千桃李贵，殚精竭虑复何求。

慈湖河上独行观钓

河湾午后请云从，钓趣闲看细雨中。
轻骑高低桥上下，斜竿长短岸西东。
贴心未必襟前汗，拂面当为伞底风。
收拾零星成一袋，晚来独自劝杯盅。

阅朋友圈儿童节诗词追忆月湖小学时光

时逢六一遥追忆，回首还如一梦中。
书本新翻尘世重，领巾初结杜花红。
披星始得衔晨露，戴月何曾惧晚风。
陋舍长留师长在，当年稚子老西东。

庚子仲夏携妻游滨江公园

趁阴江上看潮平，芦荻连天夹岸生。
老树骑墙村里碧，新亭覆草槛前横。
微茫烟雨从容得，一色江天始未成。
漫道春江花月夜，滨江夏昼亦多情。

注 滨江公园，在安徽省马鞍山市长江边，系新时代美好乡村名
胜风景区。芦荻夹岸，迁延十里。旁有民村，古朴苍然。

游薛家洼生态园

常听人道薛家洼，特特驱车访薛家。
本谓有田逢野老，却惊无柳问黄瓜。
新铺大路连江岸，现垦荒滩种杂花。
游客不关三月景，枯芦荡里铲黄芽。

(注) 薛家洼，在安徽省马鞍山市滨江湿地，系新时代美好乡村名
胜风景区。2020年8月，习近平总书记曾来此考察指导。

受邀临修存堂开堂仪式

元日曈曈冷未消，存修堂里客如潮。
本因寡趣成咸集，幸有知音共雅邀。
东壁诗书章妙绝，西橱字画法逍遥。
但听一棒金锣响，声彻江南入碧霄。

(注) 修存堂，文物博物馆，在安徽省马鞍山市。

应邀与安工大图二图三党支部
辞旧迎新感怀

不借新桃去旧尘，围炉闲坐数家珍。
能来俱是多情客，肯走原无逐利人。
击节高吟非应景，举杯低酌自伤春。
但将酩酊酬冬夜，泾渭何须问浅深。

参加校己亥年工作总结会感怀

不羡流红烛影深，平生得意善摇琴。
文章难写金衔水，世相长教泪满襟。
双脚未离方寸地，孤身曾负奈何心。
惟今屈指轻言语，已在黉门廿八春。

(注) 校，指安徽工业大学。

独坐得句记庚子年首周双休日自勉兼答

小楼深处有清欢，淡饭粗茶好自安。
经史入怀知大体，律条过眼正三观。
油汀烘起三春暖，帷幔推开数九寒。
偶尔庸庸昏睡至，闲披棉袄倚雕栏。

寻昭明太子墓不至

人言遗墓绕云空，或道江村路不通。

红豆顾山深浅色，腊鹅厌祝有无中。

古玄圃小诗千载，秋浦台高树晚风。

纵使英年归去早，文章可赖建奇功。

注　昭明太子，即萧统，南朝梁武帝萧衍长子，墓在安徽省当涂县太子村。顾山红豆，系萧统与尼姑慧如之情事。顾山，在江苏江阴。萧统笃信佛教，于佛寺中结识慧如，互论佛法，渐生情愫。但尘俗两隔，终不能如愿，慧如郁郁而终。萧统种下慧如持赠红豆，长大树。古玄圃，昭明太子私园，昭明常在其中私会幕僚，举行宴会，谈论诗词。古玄圃到现在还保存着，里面的历史遗址显示出皇家园林的气派。秋浦台，指昭明钓台，在安徽省贵池市，系昭明太子为贵池祈雨之台。

题画

一生上下费周张，只为梦中枕稻粱。

射日总嫌弓箭短，画蛇不恨兔毫长。

陶杯永夜凭栏久，邺架终朝数典忙。

多少逐名追利客，康庄道口自彷徨。

诗意缘起

一日阅漫画，内有男衣着鲜丽者，身形伛偻，于十字路口彷徨，看去甚为可怜。旁白文字曰：莫彷徨，向前看。有感。

"皖新传媒"读书节开幕式印象

无须鼓管自铿锵，岂借椒兰筑暗香？
气利修身来耄耋，书多称意惹贲张。
但凭轻简涵深虑，幸有贤良赠宝方。
愿入红尘平舛戾，定教岁月写疏狂。

(注) 皖新传媒，文化公司名，隶属于安徽新华传媒股份有限公司。

庚子大年初一乡下团拜值新冠肆虐伤怀

凄凄风苦冷无边，村雨潇潇共入年。
心事说穿云已散，五更摊破意难眠。
乡情依旧遵传统，魔怔从来累大千。
今夜痴愚唯爆竹，高低不唱世多艰。

午后忧怀疫事聊寄荆楚

二分春意到江南，欲剪一分寄楚关。
谁羡鹧声骄放浪，不登高处请湲潺。
堆烟杨柳唯惆怅，老气亭台只驳斑。
且把云霞裁锦绣，嘱风速递慰时艰。

受图二支部邀赴东梁山活动未如约敬答李书记

天门遗落在东乡，李白因之抒劲狂。
巴望和州空缱绻，横斜姑熟尽沧桑。
任由庚气干清节，难把纯真许太荒。
天意还凭天解释，何须妄自费更张。

注 图二支部，指安徽工业大学图书馆第二党支部。东梁山，在安徽省和县长江西岸，与东梁山隔江对望，是为天门，即李白"天门中断楚江开"所云者。和州，即今和县。姑熟，今安徽省当涂县。李书记，指图二支部时任书记李延信。

骑车自秀山校区至佳山校区过冯桥

经行坝上望城皋，画意随风似厚醪。
空里含烟华露重，云中摇碧月轮高。
桥飞南北歌衔舞，水映霓虹玉结绦。
盛世太平当此际，且将诗兴付新毫。

注 秀山校区、佳山校区，在安徽省马鞍山市，系安徽工业大学东西二校区。

己亥冬至夜有寄兼答诸事

倏然一节巧躬逢，岁转阴阳定正宗。
浮动幽光须我在，翻飞彩带共谁从。
隔窗望黑疑春早，随月下楼拾级重。
金玉可堪堂上色，良言未必暖三冬。

忆登高步韵杜甫《秋兴》

提壶乘兴上高山，老迈闲随渺渺间。
既遣深眸追远岫，不教俗事叩心关。
掰开红紫观秋实，拨弄峰峦聚俊颜。
连日新疲全退去，暂忘明早有朝班。

记旧游步韵杜甫《秋兴》

忆昔闲行皖水头，悲春才已复悲秋。
长堤柳瘦千株暗，天际云轻万里愁。
曰去无非沙口雁，招来不是旧年鸥。
最过莫若芦飞雪，顷刻随风满洛州。

勿忘国耻题在己亥年"九一八"

记得年年当此际，几番警报教时人。
樽前湖上风光老，望外云中诡谲新。
晏海潮平情壮阔，红旗血染意纯真。
身遵信义今由古，法则丛林夜到晨。

己亥年安工大迎新感怀

身许清高多努力，心关社稷有微忧。
经年路上追贤远，对月窗前省内深。
自信齐山峰万仞，长思祖楫水千寻。
兴来枯笔聊杯酒，低唱浅斟是醉吟。

秋日慈湖河坝上风雨中独行

一派天真并自由，从容领取大河秋。
气蒸汗透盐糟脸，雨送风来雾满头。
掀断云根擒草色，撕开树影唤清流。
欲将妙趣同分享，可叹时人不下楼。

午间办公室独坐忽忆晨起即兴

枕上轻寒催早醒，微躯混沌对良辰。
渐痴难记秋宵梦，明理长思近日贫。
一盏温茶蠕肺腑，半盆冷水长精神。
出门打马登程去，不管人情假与真。

临餐即兴题古皖风味山芋粉圆子

玉碗轻呈热气开，老妻巧手细拈来。
几根葱段提鲜味，数点香油入好材。
既遣金黄衔古韵，便堪雅客奋新杯。
谁知前世闲云下，曾共清风一处栽。

注　古皖，址在现安徽省安庆市，山芋粉圆子系其特产。

欲赴武汉援医不能

闻道阴阳不可欺，江湖涨落必相宜。
自从弱水干枯后，便是沧浪死难时。
荆楚多悲连宇宙，云霓无奈恨游移。
请为威猛擒刀手，伐取南山竹万枝。

注　荆楚，指武汉。

己亥仲秋内蒙古乌兰布统自驾游

时维八月在中分，简骑轻从北地深。
草色迎风来万里，烟光凝碧去千寻。
等闲送目空天半，恣意驰怀忘俗心。
暂少醪糟舒放浪，亭台楼阁久登临。

注 乌兰布统，在内蒙古自治区西南，中有广阔草原。

丁酉年暑期总结

一任清高兼拙朴，便从狂放笑深沉。
危楼曾戏秋风至，晓镜常嗔白发侵。
四海五湖长寂寞，粗茶淡饭短衣襟。
不谙世事频相扰，翻烂韦编细找寻。

己亥秋开学首日与友聚后独坐闲吟

庠序今开九月天，自言自语忆流年。
艺无长进身羞老，德盼深馨玉带烟。
卅载江南三尺巷，五旬古皖一疯癫。
衣钦简朴唯心善，意动虹霓向日边。

己亥秋还乡抒怀

弹指华年清梦远，故乡秋景此番怜。
粗烟几柱闲云下，窄径一条乱草间。
寻岸可堪苍柳色，望池那见旧渔船。
伤心只在经行处，不是从前水与园。

清新一曲赞媪翁

当初人海偶相逢，四十年来做媪翁。
不历欢欣经苦恨，怎堪秋月共春风。
玉颜肯逐芬芳去，真意轻随琐屑丰。
袒露袖襟倾俗世，清新一曲夕阳红。

注 媪翁者，某电视剧中二主人公也，已不详其名姓。

为己亥皖苏会大咖题

去岁镇江齐唱和，而今又聚杏花村。
村中尚未花飞絮，路上依然雨断魂。
阔论高谈真力透，轻描淡写灼知存。
尽将无限平生意，报与兰台固本根。

注 皖苏会，指江苏、安徽两省大学图书馆馆长年度论坛，此为2018年论坛。杏花村，位于安徽省池州市，杜牧诗句"牧童遥指杏花村"所云者。

听储秘书长报告

求真路远多良训，自古箴言重万钧。
台上精深传道者，阶前勤奋向师人。
平常学问功夫厚，今日文章概念新。
轻把高端成锦绣，从容一曲玉楼春。

（注） 储秘书长，储节旺，现任安徽省高等学校图书馆工作委员会秘书长，安徽大学图书馆馆长，管理学院教授。

支部活动辞旧迎新

数九严寒未感知，围炉夜话进行时。
玉盘美馔何须待，私有家珍尽可期。
半盏矜持通正道，一吟欢谑遣心思。
红霞万朵随香散，羞煞春花不展眉。

（注） 支部，此指月湖所在党支部、安徽工业大学图书馆第二党支部。

赴己亥皖苏会间隙记池州印象

襟山带水接潇湘，冲要东西望沪杭。
吴楚习存侬语软，佛儒教化朴风长。
清明细雨仙姿在，秋浦轻歌雅韵扬。
千载诗人何处觅，杏花村里酒犹香。

注 皖苏会，指江苏、安徽两省大学图书馆馆长年度论坛。杏花村，位于安徽省池州市，杜牧诗句"牧童遥指杏花村"所云者。

参加校工会考评会兼赞工会干部

岁月不居也可期，年来总结正当时。
作梁为带人称道，化雨成风世晓知。
推进和谐勤智慧，创新发展累肤肌。
十分执着何言苦，一份痴心任恣思。

注 校，指安徽工业大学。

马图学会己亥年年会

就在昭关古道旁，马图年会耀晴光。
人文相继唯时序，薪火传承系妙方。
且把初心连日月，还将秃笔润华章。
倚栏尽是风骚客，理事全凭奉献忙。

注 马图学会，指安徽省马鞍山市图书馆学会。昭关，位于安徽省含山县昭关镇，春秋时伍子胥自此奔吴。有湖曰"千金"，成语"千金小姐"即出于此。

家乡春景持赠吾侪

馨香缕缕自天涯，无限风光任侈奢。
几树寒烟杨柳色，一沟静水去来霞。
八音弦上千重律，五里堤头十数家。
芳草斜阳连老巷，小桥渡口接平沙。

己亥新春上班首日与诸君共勉

鼙鼓声声响未休，大军结集在前头。
身辞海角翩翩转，心别天涯急急收。
绦带连环威顿起，金袍披挂志将酬。
挥鞭打马从容去，拓土开疆下九州。

回望新年庆元宵（其一）

不贪美味敬神仙，未惹春寒梦里边。
微恙教辞金盏醉，慵躯总赖小床眠。
那堪雁阵排云上，只把真心近鬓悬。
来电声中惊坐起，试将昏眼望婵娟。

回望新年庆元宵（其二）

总谓铁筋钢铸骨，杂粮五谷蚀不穿。
地添厚德天增寿，人减精神柳去烟。
美馔千盘横眼鼻，利锋一刃扼喉咽。
年来回望行经处，日日几为小榻眠。

己亥五四缅怀先烈

地厚天高日月长，一枝独秀百年芳。
从容步履求民主，智慧文章继世强。
生死既然随国是，枯荣更不挂心房。
精神如鉴临危壁，雪雨霜风照大荒。

奎湖游

一湖春色一湖奇，菱叶初翻旖旎诗。
白鸟几双波浅浅，长堤十里草迟迟。
轻摇画栈风同醉，遍拍亭桥水自持。
欲共友人闲钓乐，不堪新藻乱垂丝。

注 奎湖，位于安徽省南陵县，湖面约三千亩，风景秀美，自古文人骚客留墨甚多。

己亥春雨印象

入夜情深杨柳岸，平明无限画堂前。
催开北国连天雾，带得江南遍地烟。
梁雁影空池水怨，鹧鸪声苦晓风怜。
教人醒处千般累，欲睡还休梦不全。

古皖春茶与诗友同题

妆成碧树远人家，占尽深山好物华。
总把天精交谷雨，同将地气发黄芽。
一攀危柱擒弦月，还照倾城爱小花。
古皖乘槎无远路，春茶此处最堪夸。

注 古皖，现安庆地区。谷雨、黄芽、弦月、小花系古皖品牌茶。

齐云山印象

天开神秀向东南，本是莲花姊妹篇。
百米峰头新菜地，千阶石级旧云边。
已无道士勤烟火，时有村姑讨纸钱。
化境从今难再复，齐云山上可耕田。

(注) 莲花者，黄山莲花峰也。

用手机使用"学习强国"App有赞

可堪盈握露华浓，轻触银屏带晓风。
厚重文章通腑肺，清新画面润眸瞳。
功夫正在川途上，学问能融碧绿中。
会意河山无限好，笑观天际起征鸿。

己亥年三八节走秀节目
《徽州女人》印象

轻歌曼舞淡梳妆，一曲全场枉断肠。
弱柳扶风摇翠色，云烟含镜照浑塘。
温柔恰似花前赋，大气真如酒后狂。
那得二分娇媚尽，平时苦练八分长。

为懒官画像

遁甲奇门不一般，教人切切断肠肝。
腆居朗朗乾坤里，虚做殷殷父母官。
心底长吟将进酒，口中高颂两相欢。
当心头顶龙渊剑，凛凛轻挥斩魏冠。

雨山湖上独行

岂堪风唤艳阳催，午后闲乘碎步来。
不把别怀伤故柳，肯携雅致上新台。
沙鸥未得随时转，云鉴欣然共物开。
又是一年春好处，心樽伴我独徘徊。

注　雨山湖，在安徽省马鞍山市，城区多条街道因其而得名。

雨山湖秋夕

驱车偶过湖南路，信手拈来些许秋。
欲走还休群鸟去，半推半就一轮收。
清高风里兼鱼味，潦倒亭边系晚舟。
预报明天寒露至，教知黄叶暖湾留。

忙碌中听风乍起临窗即兴

不负清风一片心，且将忙碌接红尘。
听蝉始觉人情好，感暑唯期世故新。
几阵闲云楼角起，万般气象眼中珍。
当前足可舒胸意，何必停杯续水频。

早醒与诗友同题自嘲

浪迹簧门几度秋，而今暂歇数风流。
兰台三丈栖微体，秀水一汪洗素眸。
鲜有宏论惊四海，总将务实示同俦。
低头拷问平生志，半是欣然半是羞。

回首

一去江湖五十翁，蓦然回首意朦胧。
往来颜色真随性，表里文章尽大同。
坐井洞穿尘世浅，观天刺破五云空。
何愁此处山衔水，还惧津梁路不通。

莲花与诗友同题

能登菩萨尊前座，不弃寻常百姓家。
影动夏光千点秀，身摇秋色一襟霞。
坦怀文笔勤加赞，藏术心胸亦有夸。
托寄世间多少事，清风独对自悲嗟。

赞钟南山

翩翩雁字过湖北，画意荆门久未开。
不是凡尘求野味，那容罗刹起天灾。
攻城掠地停街市，入室穿堂绝货财。
华夏女男腾雾起，旌旗千百裹风来。
武昌台上咸神勇，汉水滩头各将才。
火石电光驱暗晦，雄浑正义撼霆雷。
兵锋辗转回环里，广宇澄清万里埃。
料在融融春二月，可衔杯盏共新醅。

临窗感怀

谁遣清风动我身，敢将孤独诉红尘。
闲云一丈楼山起，愁绪三千腑内珍。
感暑似知缘梦浅，听蝉唯愿世情真。
如何得可舒胸意，且借新杯慰老唇。

独坐回首偶题

辛苦遭逢何必说，抬头顾自有疯魔。
不曾惹得红霞妒，却枉招来变数多。
始信江湖横道义，终将涕泪照婆娑。
唯祈妙手勤翻覆，莽莽大千去病疴。

雨山湖上初冬

湖上光阴任去留，冬来景致自清幽。
团团惊艳飞黄叶，点点凄然是白鸥。
天雨偶逢寻路客，水寒不见打鱼舟。
初心早寄明春处，莫学诗人唱晚秋。

注 雨山湖，在安徽省马鞍山市，城区多条街道因其而得名。

赞许渊冲

长将绝妙生花笔，浸墨风花雪月池。
学贯古今闲辗转，才兼中外任驱驰。
青灯窄凳常为伴，静夜深更总有时。
自大不羁唯表象，谁人能解个中痴。

注 许渊冲，当代翻译家，北京大学教授，译作等身。

安徽工业大学校史馆

百米长廊工布局，铺呈六秩好春秋。
浅光深影涵全貌，美画鸿文显主流。
缕析条分千点散，旁征博引一墙收。
新标已立佳山下，谦送恭迎不罢休。

赞安工大计算机学院"党员面对面"活动

登上楼台雾几重，一堂济济意华浓。
见仁见智抒高论，聚力凝心话大同。
狂写未来千尺卷，不描过往数年功。
痴情岂肯随流水，都付殷勤铸梦中。

赞安工大"大学生阅读与成长主题大赛"选手

人称年少功夫浅，今见儿曹俱善言。
动似悬河倾险壑，静如孤月映寒潭。
轻松可唱清平乐，悠远能弹菩萨蛮。
欲问老夫何所指，江南学子舞蹁跹。

振华讲坛专家苗秀侠印象

霞光一道炫无涯，今日良师客我家。
朴实足堪人悦近，高深可教自矜夸。
手裁绣锦成机理，目感清风润物华。
曾历千山和万水，亲于文苑种奇葩。

注　苗秀侠，现任中国作家协会会员，安徽省政府签约作家，安徽工业大学振华讲坛专家库成员。

记者节里赞记者

描龙绣凤寻常事，拿虎擒狼五尺身。
智大足能勘好恶，力微也可扭乾坤。
邀风揽月行天地，入世超凡觅果因。
仗剑问心求正道，悬壶济宇许纯真。

朋聚插花闲饮

围炉闲坐意缠绵，七八知音共跨年。
美酒一杯通肺腑，功名二字放旁边。
轻裁碎玉花成锦，小透珠帘雪满天。
最是赏心愉悦处，红霞腮上作诗篇。

偶见墙头小幺蛾

晓慰庄周迷幻梦，奋身扑火自焚烧。
沉泥缚茧曾三载，出世凌空在一朝。
长恨无名兼籍贯，定将本色化春潮。
可堪明日青云上，飞越千山万水遥。

秋日与友人聚城南

相逢甚幸总相牵，今在东南水月边。
惬意棋牌存厚爱，醉人诗酒有新篇。
不将负累心头挂，且把欢愉两鬓悬。
游目驰怀诚若此，良辰美景奈何天。

东城早行秋意

休说吾曹不逞雄，朝来索性步城东。
呵开陇上烟十里，撕破乾坤色一空。
胯下金风衔玉露，肩头旭日映霓虹。
痴心轻易随流水，总在江南秋梦中。

安工大图书馆己亥元旦联欢印象

张起彩灯辞旧岁，拾来心绪贺新年。
棋牌分组争赢负，游戏随机尽醉癫。
简陋舞台何足道，和谐场面最堪怜。
一声轻叹流光去，过往情形复眼前。

安工大建校六十周年庆典印象

何须万紫与千红？光景于今大不同。
势集磅礴因厚德，星驰俊采有精工。
苍穹自是衔山岳，斗室堪能话瀚虹。
共望十年期再聚，那时相聚亦匆匆。

安工大建校六十周年晚会印象

锣管喧嚣电影开，祖孙四世演将来。
凛然鼓动雷霆急，慷慨陈情细雨徊。
狂野足能凌五岳，清回亦可接瑶台。
曾经不忍低头事，锦绣铺呈慢剪裁。

(注) 祖孙四世，指安徽工业大学之第一到第四代建设者。

改革开放卅年赞（其一）

携朋把酒立山巅，回首匆匆若许年。

阻断贫穷呈壮志，拨开云雾见青天。

良谋妙出强精气，四海频交结善缘。

美梦中华无限近，只须快马再加鞭。

改革开放卅年赞（其二）

四十春秋斗地天，今番景象最堪怜。

繁花似锦城乡貌，好事如潮政产篇。

朗朗身形宁广宇，威威气质震山川。

推开苦难无重数，只把初心向日边。

应胡耀东馆长邀敬题文天学院古文读写大赛

雅会何须到断桥，今观学府亦风骚。

岂无狂浪拍空谷，更有迂回上碧霄。

频见清音衔古阙，偶兼绝律落新毫。

兰亭曲水如相问，不借金樽助兴高。

注 胡耀东，皖江工学院图书馆馆长。

港珠澳大桥

高台垒起丈八千，看取缥缥缈缈间。
荆楚那谁寒胆处，马良画笔信毫尖。
撕开铁骨穿溟垫，倾倒长虹锁海天。
我若他年乘雾上，骑渠寰宇笑逐颜。

题戊戌年长三角高校图书馆联盟馆长论坛

飒飒天风自五湖，兰台论剑聚新吴。
你说固本强正朔，我道开疆辟坦途。
皖浙沪苏齐奋进，遐山迩水共应呼。
无边盛景何能比，不用长康妙笔书。

注　无锡别称新吴。

秋深早行

晨气微微平水瘦，远山隐隐色还新。
腾烟石碎堆犹在，扑路蝶黄影不寻。
休看桥头呵细冷，请观坝下撒银纶。
一朝美景谁独享？且让光华画半分。

中华孝道

悠悠已历八千载，辈辈传承未等闲。

百姓口中长贵客，史书丛里永高仙。

由来举善居头彩，自始推人胜悌廉。

镇海平山不二器，安国兴业第一贤。

昨夕携妻过炼湖

草枯水浅自荒凉，风细荷残碎共香。

樟叶无心随泥淖，桂花有意入寒塘。

经年桥上留行色，犹未亭中看晚装。

春去秋来人老矣，明天过后又重阳。

注　炼湖，在安徽省马鞍山市境内，系安徽工业大学佳山校区内湖，中多荷花。

庚子岁清明回乡祭

万木葱茏石径旋，磨形洲上水云天。

吾门先祖长眠地，家谱经年记忆篇。

青壮打拼千里外，媪翁奉祀祭台前。

但祈烟烛殷勤去，不把哀思挂嘴边。

庚子岁节序谷雨感怀

岁岁诗成谷雨天，不分五谷许多年。
偶将老迈归乡里，难遣童真过父田。
功利三千尘与土，华章十万苦和癫。
等闲高阁熬资历，常恐初心愧俸钱。

映书湖

曾经浑浅尽蒿芜，根史难稽似可无。
聊任狂风吹尔老，且由烈日晒君枯。
等闲沧海桑田事，驰兴龙盘虎踞殊。
从此霍山西脚下，一池唤作映书湖。

笑

曾闻孟女骂墙头，亦有千金戏伯侯。
羑里周文生八卦，漠边汉武运筹谋。
翠微亭上挥戈北，长坂桥前喝水流。
自古荣枯悲喜事，轻歌漫叹两随由。

注　孟女，即孟姜女。周文，指周文王。"千金戏伯侯"句，言周幽王宠褒姒事；"翠微亭"句，言岳飞渡江伐中原事；"长坂桥"句，言张飞吓退十万曹兵事，各言笑之不同。

二、词曲

渔家傲·欣闻图书馆分工会
争创省级模范小家成功

眼底轻轻来一纸，标题足可催人起。模范小家文件至。名单里，吾家省级新登第。　争创过程谁忘记？个中漫道无欢喜。调度有方姚女史，金鞭指，馆员上下齐心志。

注　姚女史，安徽工业大学现任工会主席。

卜算子·辛丑年立春日迎春

嘱己莫酣眠，好请新春早。孰料今春性太真，已自先来了。岁岁不同春，各各皆奇妙。不问红尘懒与勤，一样流光照。

踏莎行·辛丑年立春日迎春

小憩临窗，大开帘幕。邀风邀日齐相顾。脸旁犹有倒春寒，眼前闪灼星无数。　昨夕彷徨，今朝恋慕。都于此际成烟柱。纵横阡陌草离离，轻车一乘心深处。

鹊踏枝·辛丑年正月初七河上夜行

　　为解新来连顿酒，戊亥时分，独向河边走。盯紧红灯穿路口，狂歌在侧有人吼。　青袄闲披不系扣。笑纳长风，猛地吹胸透。好遣襟怀平广宙，东城夜色难看够。

　　注　河，指慈湖河，在安徽省马鞍山市，南北贯城而过注入长江，全长三十公里。

鹧鸪天·马鞍山市庚子读书节开幕式

　　十里春风卷画桥，一掀南国读书潮。铿锵倡议振林樾，澎湃回声接九霄。　清室小，裹绫绡。大红大紫格调高。人生为学寻常事，莫把流光兀自抛。

鹧鸪天·工作总结会有怀兼寄与会诸君

　　满坐华堂庆党生，年来工作说分明。虽因冠疫长轻慢，犹有新功可点评。　言大事，话微情。通盘规划挣输赢。诸君请自当前始，乘雨乘风携手行。

鹧鸪天·辛丑年正月初五夜过蓬莱路

倔强霓虹欲断魂，沿街店面未开门。寻常方便无从得，习惯招呼不可闻。　说店主，论殷勤。身心付出忘晨昏。经年疲惫何消解，好用新年返骨筋。

注　蓬莱路，街道名，在安徽省马鞍山市花山区。

鹧鸪天·赞党员突击二队采石河防汛战高温

一应铺排听有司，征袍耀眼出南堤。因人成阵穷推进，合体同心共撤离。　看左右，走高低，顾他汗透水东西。艰辛滤去多豪放，笑指骄阳论是非。

注　采石河，位于安徽马鞍山佳山乡，庚子夏遇特大洪水。

定风波·党员防汛突击队庚子夏再征采石河

雨打江南锦绣枋，河川堆练抵天高。因爱垄头千万户，且住。吾曹寨扎下周桥。　巧配兵锋成劲旅，英武。铁锹草帽胜长刀。镇日泥中翻蝶步，苦否？抬头望见乱云飘。

注　下周，桥名，在马鞍山市采石河上。

浣溪沙·日暮登楼

一抹斜晖恋柳梢，片云共鸟往城皋。这山望着那山高。　腹内文章无长进，周遭人事有萧条。伤心不唱念奴娇。

浣溪沙·庚子谷雨夜自醒随记

谁教三更醒梦来？昏昏难再梦盈怀。起身倚枕费思猜。　对面楼高人早起，这厢风小幕轻开。灯光一束入窗台。

浣溪沙·听颜佳唱越剧

哪得新辞比喻之，非花非酒亦非诗。无端惹我弄才思。　梅雨连天慈水满，惊鸿点阵霭云迟。玉锄捣碎月宫时。

注　颜佳，当代越剧名伶，浙江小百花越剧团演员。

浣溪沙·子夜驱车过冯桥

冷雾轻轻转渐浓，疏疏柳影染霓虹。雕栏几处绕西风。　　昨夜二分明月去，一分浅浅入长空，一分揉碎在波中。

注　　冯桥，在安徽省马鞍山市慈湖河上，四围水木清华。近年重建，双向四车道，为城区交通主干道。

浣溪沙·节序辛丑雨水感怀

一任春风下九阿，难祈新雨润新禾。银钩今夜照婆娑。　　不解炎黄文化妙，但云仓廪稻粮多。由来积淀自消磨。

浣溪沙·河上朝行即景

年后朝行第一回。巡河燕子料新归。柳丝趁隙快增肥。　　身后阳光追影去，水边新笛用心吹。桥山唤我健如飞。

浣溪沙·河上朝行（其一）

　　花自空明水自灵，简鞋引我到东城。五旬脚力尚嫌轻。　　坝上
多为翁媪秀，身边少有少年行。短亭过罢更长亭。

　　⊙注　　河，指慈湖河，在安徽省马鞍山市，全长三十公里，贯城东
入长江，沿岸风景秀美。

浣溪沙·河上朝行（其二）

　　大美何须用力寻，但凭天赋好奇心。生机无限直如今。　　徒有
河中春水暖，尚无桥下钓纶深。经冬枯树待成荫。

浣溪沙·勤华阁之土肥

　　质本稀松色自卑，几番伏卧出青泥。寻常小盒与相宜。　　何必
流年施德泽，可教日月共神奇。光阴好坏久心知。

水调歌头·阅文自勉兼寄吾侪

滚滚红尘里，漫道不哀愁。愁多愁少，到底谁个早绸缪。得失何论多寡，都是冥中定数，任尔自停留。槛外沙洲好，岁岁画屏悠。　晨昏雨，寂寞后，共云收。人生苦短，焉能就此善甘休。不只雪泥鸿爪，更有初心使命，教我上层楼。坝上霜林茂，树树驻风流。

诗意缘起

阅读文章《俩中国老头，轰动了全世界》，其主人公——来自河北井陉县冶里村的两位老人贾海霞及贾文其，前者先天失明，后者失去双臂。二十年来，二人互为眼腿，相互扶持，面对挑战，共同克服千难万险，把村里五十亩荒滩打造成绿林，引起了世界关注。

西江月·惊悉多起高校导师有辱师道尊严事怒题

负了三千弱水，还欺五万桃夭。尊严师道路边抛，一树岸然道貌。　羞说云天奇妙，不提今古风骚。头条访客创新高，全赖恩师制造。

注　头条，媒体名，全称为"今日头条"。

西江月·忆廿三年前翁媪

偶得村头问暖，几回堂上嘘寒。说长道短总绵缠。同享粗茶淡饭。 未诞一男半女，却知流水高山。鸡皮鹤发赛神仙。自是人间宝眷。

诗情缘起

廿三年前，余在某农场教书育人。其间，某日于路上偶遇一对翁媪。初看即敦厚仁爱，满面慈祥。主动招呼余聊家常，知为同乡，时已年届耄耋。后常延余之家，美酒佳肴相待，甚为感动。无儿女，视余若己出。后余工作变动，之外地，从此迢迢相隔，后渐无音信，疑双双离世矣。

西江月·节序丁酉岁白露感怀

物候金风送爽，节临白露为霜。流年背上写沧桑，似有无名惆怅。 莫道年高辈长，休提春啸秋狂。勤华阁里读华章，照样心花怒放。

西江月·辛丑年正月初五逢晴日阳台戏题兼寄吾侪

遍地惠风和畅，漫天丽日温柔。可餐秀色入咙喉。我却不堪消受。 今夕频频鱼肉，明朝切切觥筹。年来吃喝太过头。肚里空间不够。

西江月·怒为贪官画像(其一)

　　剁肉何由动斧,破瓜哪里须刀。雁行也要拔根毛。只用心勤眼到。　　古者月明星耀,今番地厚天高。年来年去任逍遥。终有玉山倾倒。

西江月·怒为贪官画像(其二)

　　面上功夫做透,暗中手段不休。高明二字挂眉头,只看脸皮薄厚。　　张口名来利往,摇头雨歇云收。且将得意弄春秋,污了人间操守。

西江月·怒为贪官画像(其三)

　　栈道明修作秀,陈仓暗度不休。自鸣得意展眉头,只看面皮薄厚。　　笑问众生熙攘,上天入地何求。莫将得意弄春秋,污了人间操守。

西江月·题老牛朋友圈图

惊见森森北国，不输锦绣江南。原来七月雨如烟，尽是刀侵斧铲。　此地此时气象，自由自在心田。都随隐隐路蜿蜒，散作流光似霰。

(注)　老牛者，月湖诗友也，中冶华天高工。暑期之宁夏、青海旅行，连日阴雨。拍图若干，传于朋友圈，直言北国雨季不输江南。细审其图，果如其言。遂命笔题图。

西江月·辛丑春日望佳山偶题

尖顶塔基竦峙，圆腰花树参差。十年春日看山时，心里寻常如水。　虽是无悲无喜，却能不弃不离。忽然高厦起城西，遮却三分之二。

(注)　佳山，在安徽省马鞍山市中心，海拔约二百米，上有广播电视塔。

西江月·怒讽伪善专家

智浅何妨为友，心邪定会成奸。何如二者共缠绵？人道专家嘴眼。　虚位从来居上，真材到底应先。高明自古在民间，请看经书几遍。

西江月·秋堤夜行

已是微风亲切，哪堪夜色温柔。桥前独看水西流，偶尔挥挥衣袖。　迁就南来北往，伤心秋住春收。总陪明月在枝头，忍把沧桑参透。

西江月·月湖堤行春早寄吾侪

虽起彩堂华厦，犹存断壁残垣。家家新旧宅基连。紫气等闲扑面。　公路接通坝顶，汽车开到门前。乡村生活足恬然。一任卿卿艳羡。

诗意缘起

近年来，在国家富民政策支持下，月湖村人生活富足，家家修建新屋。村人多另行选址建造新屋，而留老屋在原址。新屋高大气派，富丽堂皇，老屋则多建于二十世纪八十年代之前，历经数十年风雨，低矮破弊。新老相对，尤凸显十八大以来国家发展伟大成就。

青玉案·庚子上元忧怀疫事

年年佳节悠然度，把浊酒，依闲步。醉笑灯笼缠玉柱。轩窗明月，画堂私语，都是消魂处。　今年落寞如何诉？历历晴川汉阳树。窗月堂灯都一负。微躯几许，肯随风雨，飞越关山暮。

清平乐·怒题

书记喝好，村长还来搞。岔五隔三春酒饱。哪管店家可倒？乡下广阔天空，处处唤雨呼风。那用慎微谨小，我自左右西东。

诗情缘起

余某日阅人民日报文章，名曰《村干部下馆子吃饭签单不给钱，饭费白条重达两斤欠30多万元》，文如其名。颇为震怒，遂命笔。

清平乐·受邀参加二支部党员业余包饺子活动

熏风袅袅，瑞气当梁绕。桌上斑斓知多少，尽是自家味道。这厢手段高超，那边更出奇招。你往我来（好）热闹，一年一度今宵。

注 二支部，指安徽工业大学图书馆第二党支部。

探春慢·元日寻故

淡淡晴阳，慵慵午后，携风河上寻故。碎叶焦黄，难堪飘絮，怯怯荻芦无主。兼有芊芊蔓，细细绕，盘缠青树。寂寞洲外平沙，呼朋闲闹嬉处。　几块凄凉高地，凭谁信，曾为繁华门户。碧水无声，伤心兀自，没了轻舟无数。循岸空看断，已不见，儿时津渡。问遍沟渠，当时是骑牛路。

满庭芳·阅推今日年度收官

且放华灯，不张彩带，相逢馨苑佳轩。校园阅读，一载正收官。总结表彰展望，聚师友，共话经年。笑声里，惠风和畅，所奉是良言。怡然。　　来路漫，几分苦涩，数点欣欢。尽付与，强基固本为先。却也低声叹幸，四围有，品俊才贤。明春近，都将心绪，付迤逦新篇。

注　阅推，指安徽工业大学校园阅读推广文化建设品牌，其成果"爱阅之悦""光影阅读"已获"全民终身学习"安徽省级品牌项目。

雨中花令·梅雨

随份通天如注。等闲平塘浸路。狠把多情摇碧树，新绿凋无数。岁岁殷勤南北顾。　　慢赢得，乱云飞渡。似此际，大江盛不下，梅子黄时雨。

水调歌头·纪念毛泽东诞辰一百二十周年

生有凌云志，报国尽辛劳。湘江洲上，曾经携侣觅良招。捧起星星之火，点醒工农大众，气势动如潮。宁可去肝胆，正义两肩挑。　　施文韬，凭武略，任逍遥。卅年辗转，挥洒利剑斩强豪。德比唐尧虞舜，胜秦皇汉武，才可接云霄。所在从来者，千古最功高。

临江仙·霜上车窗不忍擦

点火驱车将欲去，窗玻点点霜花。精灵结集待朝霞。默然看觑久，岂忍立时擦。　　检视周遭车百辆，惟吾专此奢华。内中好顿尽情夸。且由伊自散，雨刮不相加。

临江仙·伤逝

世事何须空自叹，且看琵琶斜翻。胜过锦瑟五十弦。潇洒天际上，浩荡水云间。　　江北江南还锦绣，高山流水依然。心思无限诉华年。清风明月夜，杯酒说无端。

临江仙·辛丑春节月湖村团拜会

自在春风吹皖左，讶然一岁流年。归乡才始第三天。村醪陪父饮，长教醉樽前。　　最是两场团拜会，直将牛鼠相连。农村习俗映时艰。进门无大小，人手一根烟。

注　月湖，村名。村因湖得名，湖在安徽省怀宁县境内。时艰，指辛丑春节之际，新冠疫情忽于河北石家庄地区反弹，诸多乡人未能顺利返乡。

临江仙·六游薛家洼

闲向城皋寻腊意，思来犹是薛洼。一通电话约三家。轻车江干去，说唱笑如麻。　萧瑟风回枯水季，横江别样烟霞。栈桥十里撵黄花。滩头游客满，徒手扣蒿芽。

临江仙·参加安工大五届一次双代会

浪漫春风吹晓角，教工大会今开。停车移步上楼台。对标寻座位，我在第三排。　先遣专心听报告，俄将观点言来。指呈利弊是应该。当然同戮力，莫怕被疑猜。

临江仙·过当涂古城

姑孰曾经称盛境，旧墙去岁新翻。苍颜老木拂新砖。谪仙留恋地，诗意比长安。　店铺几家生意淡，地摊轻守流年。歌弦寂寞唱翻天。非为人不至，应是少宣传。

注　当涂，安徽省当涂县。

鹊桥仙·受邀题安工大首届诗词大会

九阁轻扬，令花随度，各呈聪颖争赢负。评诗论赋说文章，清新一抹霓虹住。　　光接佳男，影怜俊女，织成精彩无重数。雷郎如到应须惊，光华词整难描叙。

(注)　光华也，作者月湖名也。

鹊桥仙·图书馆党总支薛家洼实践学习教育

滨江湿地，城乡风物，特特今番来顾。党员活动正秋深，来三个，基层支部。　　栈桥十里，杨林万亩，共我荻花信步。亭台节目演缤纷，漫赢得，掌声无数。

鹊桥仙·河上夜行观大妈广场舞

风物长存，诸般美好。江南春末烟光杳。天星初下小河天，人群涌上桥头堡。　　百米方圆，球场大小。大妈几拨相缠绕。笙歌鼓动步从容，虹霓影照身年少。

自度曲·夜半忽醒思双亲

三更惊梦，原是滴滴打叶声。只合闭眼听，不管帘栊映街灯。心越关河千里，乘风了无痕。料此时，月湖堤柳应在，依旧明月照双亲。　想年来踪迹，求索风雨，竟不知所成。凭谁道，人生易老，终是韶光轻轻？再睡去，活能膝下，一晌言情。

自度曲·暮色心情之丙寅末惊见雪

昨夜不曾听北风，晓来惊见满地银。醉远山，迷近道，低绿枝，肥短亭。乱屐碎珠玉，行人扑纷纷。梨花入怀，籁籁湿衣襟。东郭喧嚣依旧。　风过处，有爆竹数声，一似怨月湖：早计归期程！莫冷落高堂白发，辜负了冬温夏清！临轩轻声叹：何事苦淹留，不见玉兔东升？唯盈盈飞絮，知我似箭归心！

自度曲·戊亥年清明日秀山校区

人去楼空，几只鸟儿戏追。樱花尚在怒放，还映红日西垂。慵慵樟树，正对杂草几堆。紫云英也来闹一回。对面走过年少，我也不必知是谁。　我只知，寂寞人对柳絮飞，我只知，满面朝气春葳蕤。小亭真寂寞，所幸伴着春草肥。小桥无辜，应知吾伤心，时光匆匆日月催。

自度曲·丁酉清明感怀

忽地醒三更，知是落花风。再入梦，终成空。心微动处，稍然起帘珑。早鸟欢谑，枉自琐屑，送走岁月匆匆。几声沉重，鹧鸪也唱，留不住朝日鲜红。　　念此际，乡关万里，水急山崇。秉烛持香，虔敬叩坟，有我至亲弟兄。许因年高，无端常顾来路，竟轻易泪眼朦胧。茫茫大千，都在恍惚中。

如梦令·阅文有讽

凡事应随实际，最恨盗名欺世。工作可留痕，切忌成为主义。功利，功利，总是催生儿戏。

诗意缘起

余某日阅生活报文章，名曰《"填表式"帮扶、"留影式"入户：干工作怎能要"痕迹主义"》，指斥当前帮扶工作存在之弊病，深有感触。遂命笔。

蝶恋花·停车难戏题

昨日经停湖北道。绕遍街头，车位难寻到。扎个空当胡乱靠，匆匆巡警来相照。　　莫道江南场面小。进出来回，一样多烦恼。市政水平还了了，公民守法应知晓。

蝶恋花·大青山一日游

拉上亲朋三五户。微信群中，约好青山去。今日双休天允许，轻车拐入涂山路。　野菜挖来名曲鼠。柴火农家，野味轻轻煮。走遍顾家村万亩，虬枝看尽桃花舞。

（注）　大青山，在安徽省当涂县护河镇，多桃花。

蝶恋花·自清河湾扫码骑电动单车至安工大东区北门停靠点

为减新肥勤走路。却又年高，脚力难撑住。扫个哈罗来代步。轻旋手把从容去。　一里行程才几许？以往车钱，都是毛毛雨。今日须交三位数，愣言不是停车处。

浣溪沙·取书稿快递过清河湾偶驻

午后单车走一番，散心还数小河湾。东风捂暖绿栏杆。如雪棠花飞自在，雅翁清调唱平安。崭新书稿阅清欢。　城北城南春不同，秀山景象此园中。身随脚步小桥东。湖岸扯匀杨柳嫩，高楼挡住夕阳红。学伢来往各匆匆。

浣溪沙·春日携亲游桃花村

不是平生有得闲，年来三访大青山。漫言所见不新鲜。　　纵使桃花全落尽，游人依旧满桃田。大妈拍照上枝巅。

（注）　桃花村，在安徽省当涂县护河镇，多桃花。

浣溪沙·午后未名湖上行

为解慵慵饭后痴，绕湖三匝正其时。灌丛如火柳依依。　　病腿两条桥左右，简鞋半尺水东西。闲投石子造涟漪。

（注）　未名湖，无名之湖也，非世人所指北京大学之未名湖。

浣溪沙·慈湖河上暴走族

列队擎旗著正冠。鼓歌待夜入婵媛。铿锵步履示清欢。　　去岁一彪人马壮，今宵可恨竟三摊。创基容易守成难。

浣溪沙·湖上行

只合匆匆一饭间，何须过水更爬山？暮春湖上等闲看。　　荷叶醒成双掌大，草蹊踩做一鞋宽。亭桥黄叶杜鹃残。

浣溪沙·午后过清河湾

杂树生香左右开，阵风吹水自南来。谁家男女抱亭台？　半套单层防晒服，一双万步丈堤鞋。但凭新景入襟怀。

浣溪沙·庚子龙抬头日与友游当涂大青山

白瓦红墙远翠微，浑塘老柳近成堆。桃园半日看花肥。　坐断桃枝轻入梦，晒昏春日暗轮回。流涎拂去趁车归。

鹧鸪天·庚子"爱阅之悦"读书节开幕式

犹有樱花映日红，映书湖上水之东。生徒细划三春夜，俊彦高抬秀苑风。　歌与舞，韵无穷。流岚助兴下苍穹。一砖一瓦从容砌，便是青山万仞重。

鹧鸪天·夏初午后过映书湖

眼里晴光手中烟，恼人气候夏初天。青樟半出高楼上，秀水轻衔木栈缘。　新燕子，小盘桓。双双口里带虫还。物风岁岁都如是，午后西桥独自看。

鹧鸪天·冶金系统高校图研会第三十九次年会

五月江南仍有春，堆烟柳色乱还匀。专家报告称苏皖，学术论坛较齿唇。　案例赛，好缤纷。你来我往释珠珍。天门山下千帆远，不负时光不负人。

渔家傲·庚子清明节返乡途中所见

趁假回乡探二老，单车轻发匆匆早。来往司机身手好，蛮热闹，你追我赶争分秒。　千里玻窗风袅袅。慢车占着超车道。总有狂人脾气暴，不得了，交通事故知多少。

一剪梅·慈湖河上朝行

雨后晴光没晓阴。天上流云，坝上行人。匆匆步履共轻风，踩断朝霞，步步生金。　长教清华动老心。今启双唇，聊且微吟。遣词造句说纯真，刮断枯肠，难赋春深。

三、古风

我家牡丹初开（其一）

闻说洛阳牡丹好，
未曾亲见憾难消。
勤华阁里自有春，
两朵怯怯并墙高。

我家牡丹初开（其二）

遗园幽径一枯柴，
索性俯身拾将来。
持归说与老妻听，
教于阁中作盆栽：
"君且插枝我看顾，
盛衰荣败天安排"。
不负老妻殷勤意，
一朝初放香满台。

戊戌仲秋金寨县拜红军故里

云淡天高桂花开，
寻英觅烈有吾侪。
千回百转走梅坝，
幽乍陡旋上高台。
遥想当年岁月里，
舛风戾雨更毒霾。
三郡际会英雄地，
十万儿女揭竿来。
琴心有意涂肝脑，
剑胆无情扫尘埃。
如画江山得多艰，
承先继未何须差？

柳絮

霏霏飏飏，夏日流霜。
非亲非故，登我华堂。
落我绣床，粘我绮窗。
迷我双眼，灼我脸庞。
不堪手执，无绳无缰。
无奈其何，我心欲狂。

丙戌九月十五夜月下行

月出层峰岭，邀友楼下行。
楼下人簇簇，漫步还谈心。
不觉入人流，何问疏与亲？
信步随月意，闲谈感风轻。
偶过低灌丛，时穿高樟林。
步为金桂碎，目因银杏惊。
玉兰白易辨，木棉红胜青。
摇竹疑露浅，拂叶知华深。
柳枝垂石径，衰苇锁枯杨。
风渐秋声曲，辉清细草霜。
小桥静流溪，高榭幽浑塘。
桥头几枝秀，疑作夜来香。
一轮天上白，两行脚底轻。
三四言国是，五六语家声。
七彩人生浅，八字归雁深。
重九莫登高，退思十里亭。
长海难回首，百年勤橹忙。
人生唯进取，千秋莫心伤。
迢迢江南水，万载映觚长。
且将刘伶事，梦里逐流霜。

注 层峰岭，公园名，在安徽省马鞍山市。

丁酉清明印象

一夜风急摧花尽，
冷雨凄凄天低沉。
春暖犹共冬寒苦，
清明时节不清明。

丁酉清明遥思

早起慈湖坝上行，
听得炮仗声复声。
忽见老妪摘细柳，
顿忆月湖上坟人。

横山

姑孰圣境有嘉山，
山在潭水桃花边。
教君堪去直须去，
莫负葱茏一万旋。

注　横山，在安徽省当涂县，脚下有桃花潭，与李白所咏"桃花
潭水深千尺"之句中安徽泾县桃花潭遥遥相对。

横山行

一峰更比一峰险，
峰峰雄奇势相连。
满眼葱茏万木秀，
路随山形入云端。

春日戏题微信朋友圈（其一）

手机咔咔微信飞，
不尽春光不言归。
未必堪得眼前景，
朋友圈里斗芳菲。

春日戏题微信朋友圈（其二）

胜日爱春各有家，
朋友圈里斗芳华。
阅尽千娇与百媚，
还是樱花最足夸。

石塘桃树先发花

身量一如周遭同，
枝枯桠秃虫啮空。
物类千沉万睡里，
一树红艳笑春风。

注 石塘，村名，在南京市江宁区，有前后石塘之分，均系新时代美好乡村名胜风景区。

二游石塘人家

偷得浮生半日闲，
再向石塘人家行。
游人如织春如画，
有心赋诗歌难成。

三游石塘人家

青山隐隐水泠泠，房屋高低路纵横。
溪畔女梅开万树，池边杨柳几枝新。
暖阳普度传嘉气，野花无名也斗春。
更喜惠风和畅里，偶听蛙鸣两三声。

注 女梅，梅花品种。

勤华阁早春

寻香上天台，
茶花一夜开。
可惜春尚早，
不见蜂蝶来。

戊戌春辞乡感怀

风如枪刀雨如磐，
辞别高堂心黯然。
耳畔依旧年炮声，
一路驱车向江南。

戊戌春日朱桥行伤春

平芜杂草衬春媚，小园青青自景明。
土庙依旧迎夕照，小桥今日立故人。
徒悲老屋松柏老，喜看枯柳嫩芽新。
二十年前春十成，如今只剩一二分。

注　朱桥，村名，在安徽省怀宁县境内，岸有老庙，上有土桥，
村因桥得名。

戌戌年感

离别家乡岁月长，
人情方物渐疏荒。
亲朋见罢年节尽，
停箸投杯心茫茫。

晨起推窗见昨夜风雨摧树即兴

风雨狂兮，摧折樟树；
水云厚兮，遮断来路。
春暖晦涩，还带冬意苦寒；
春鸟啁哳，仍似秋声长赋。
力不逮兮，心念庙堂万里；
情难堪兮，兄弟不能相顾。
心念念，杜鹃怒天地浪漫；
口碎碎，浪淘尽大江东去。
日勤勉兮，老雕虫摘句寻章；
长太息兮，终不致五车学富。
气清天朗转头间，笑语盈盈满津渡。
苍苍翠微诚如是，抵不过，故园日暮。

阅微信朋友圈感怀兼寄

人生一百年，
岁岁悲穷秋。
一声淘力滴，
无语双泪流。

注 "淘力滴"，古皖俗语，仅用于长辈嗔于下辈。

冬至日朋聚插花闲吟

艳艳新从云南来，
呼朋唤友共剪裁。
即成灿烂无重数，
教与雪花一处开。

观老者晨练背剑归来戏题

正看苍然老者，
背看带甲卫士。
纵然步履蹒跚，
犹有凛然正气！

步行下班途中

收拾潮包单肩扛，
也扮一回年少郎。
暂忘案头多少事，
拽开大步入斜阳。

西堤柳

斜阳晖里接草黄，
灰云低笼自成行。
捎带西风枝婆娑，
不知夜来有秋霜。

注 西堤，指慈湖河西堤。

月湖秋晨

清晨月湖行，初日照竹林。
旷野无人至，蒿茅比人身。
塘里秋水浅，叶上露华深。
抬眼俱苍翠，满耳鹧鸪声。

赞安工大六十周年校庆致全球校友之信

莘莘大端明校史，
字字粲然嵌珠玑。
文采风流高格调，
助力吾侪德心齐。

慈湖河堤早行即兴

坝头雨后乍晴，
霞光刺透高林，
河面平平气氲氲。
花间草上露珠重，
映日剔透晶莹。
难堪此时此景，
一派大好心情。
无论衣薄小寒侵。
擦肩行人熟与生，
且都递笑殷勤。

读《把一件事坚持三十天,结果惊人》

行百里者半九十,
人生最贵是坚持。
沧海总由涓流始,
一念起处可成痴。

春日登楼偶感(其一)

理想犹如三春雨,现实翻似雨后花。
夜卧小楼听丝语,晨起冷阶惜残霞。
芳草有心还落泪,香履无意时践踏。
粉眼凄凄望空枝,柔肠寸寸思锦匣。
人生在世不称意,五湖扁舟终须发。
可叹湖边烟柳老,堤上秋风悲霜华。

春日登楼偶感(其二)

春色新归佳山树,韶华渐离月湖人。
少小总谓名易就,老大始知功难成。
惊鸟啼碎轻狂梦,丽日酌痛烂柯人。
谁言赋中偏闻笛?当年亦好梁甫吟。

春日陌上行

昔年春日陌上行，
小桃几树花纷纷。
今年特特寻芳去，
雀栖枯枝虫啮根。
一样野田阳气暖，
惜花犹是当年人。
有心朵朵花不发，
无意一棵柳成荫。

晨登雨山有感

湖南东路樱花尽，
雨山西坡事方兴。
浴风沐阳花发早，
僻地偏山迟为春。
荣辱盛衰天注定，
毕竟东风未忘君！

注　雨山，在安徽省马鞍山城西，其西坡有樱花数百株。

映书湖上梅子黄时柳

急急雨打雪絮坠，
切切风推岸影斜。
洗尽铅华真颜色，
绿叶更胜二月花。

早登勤华阁

小花朵朵暗香散，细风微微紫气凝。
棚架高低楼上下，青藤交错绕纵横。
一夜浪漫梅子雨，长短老嫩挂玉茎。
勤华阁里豇豆俏，左右隔栏羡纷纷。

丙戌中秋夜过华亭

立立层峰岭，叠叠华亭牌。
迷迷行人眼，幢幢广寒台。
年年江南月，岁岁故园柴。
倏倏廿三载，寞寞望月台。
白发双亲在，兄弟各分开。
何时月湖堤，柳月共徘徊?

注　层峰岭、华亭牌，在安徽省马鞍山市内，均为公园。

月湖仲夏黄昏

五里坝头十人家，
月湖堤柳送鸣蛙。
芳草夕阳连老巷，
小桥渡头接平沙。

辛卯端午节怀古

楚王不辨清与浊，
屈子含冤赴浩波。
千年粽香飘秭归，
万载龙舟骋汨罗。
江潭渔父无人识，
离骚一曲奈若何？
三闾祠堂今安在，
泽国烟里伴鱼歌。

注 屈原，号三闾大夫，后人建有三闾祠堂以纪念之。

第二部分　现代诗歌

丁酉冬雪于上班路上

生在古皖国，
活在马鞍山。
分临江左江右，
位置不北不南。
各具南国的水秀山清，
又各具北国的冰雪浩荡。
但，
前者为常态，
后者系偶然。
二零零七年，
此时，
此地，
那一场的荡气回肠，
至今
令我难忘。
于是，
我用已走过的五分之一的时光，
等来了今冬的这一场。

樱花

来时恰遇春光初现，
盛时和着春光无限。
渐次等来百花齐放，
却是，
白得最好红得最艳。
清明过后玉脂消瘦，
微风过处清香依旧。
茕茕孑立寂寞回首，
但见，
百花已然零落成垢。
谁能与君共春长久？
想来唯有河边青柳。
只怜，
虽舒意张驰起承逢迎，
却天涯咫尺各飞衣袖。

酉末戌首乡行随记

金龟丘下烟笼树，五里坝上草连屋。皖水侧畔风光好，百年村落称月湖。辞旧家家响年炮，迎新户户飘屠苏。游子乡行情难禁，随记共君酒一壶。文曰：

向年关，故乡独行。有皖曲月湖，在江左名邑，古皖怀宁。轻衣简裳，于未申时分，踏寻常路径，赏景看人。村里行，有大路康庄，舒意张驰，连廊接院，谦送恭迎。路上行人，两两三三，高矮胖瘦丑俊，尽是乡里乡亲。劈面碰上，停下寒暄几句；侧面瞥见，隔篱招呼两声。高调沾外归者些许财气；低声慰守耕人几声辛勤。儿童相见多不识，细追猜乃谁；生客偶遇稍打量，也讪笑三分。烟火男女，用洗涮浆煮，丰盛年夜团园大餐；足柴米油盐，攒下年后几日闲清。村口立，极目有情，见青山四合，共年炮声声，起起伏伏，表说民生安泰；伸手无意，惊鸳鹭数点，皱寒塘静谧，飞飞掠掠，尽凸物侯欣欣。行愈远，是小道羊肠，恣性蜿蜒，游丘走坡，隐蒿潜林。山茅黄漫天，正盼来春东风度；水竹绿遍野，唯挺经年眉目青。腊祭忙，远亲近戚，假松枝塑花，装点新坟旧冢；凭纸烛香火，寄托哀思浅深。

乡风如画可共醉，色泽恼人堪断魂。忆往昔，韶华虚掷，意气少年已成昨；想当下，时不我待，激扬文字犹未停。甘做伏枥老骥一，自我奋蹄长精神。祈愿吾辈齐努力，不负时代不负名。共描绘，中华腾飞，鸿章巨制锦复绣；同展望，民族复兴，千秋大业美梦成。

丁酉冬日感时

去往学校的路上，
经过宣传墙。
无意扭头望，
但见短句数行。
小停随性读，
竟动我心肠。
拍转诸友，
坤君情怀共飨。

注 坤君，指坤宁，中国知名慈善公益人物。

安工大廉政展印象

别样构思让人击节叹，
绝佳呈现令人耳目新。
十米长廊铺画卷，
正气浩荡冲斗云。
不是三尺龙虎剑，
更教江湖胆魂惊。
图画杂摆，文字拆分。
看似无意，实是有心。
虽含抽象无限事，
竟然巧妙出实景。
问我如何评述，

我自热血张贲。
再添四音铿锵：
精彩绝伦！

慈湖河上见菖蒲

举目生意，
终日碧绿。
去东城两里，
立池头经年，
见惯匆匆行色无人顾。
光华无端，
凭浅陋，
将其归为苜蓿。
亦是天意，
今宵连阴雨催，
携妻坝上闲步。
许是哪根神经搭错，
惊醒我项上榆木。
顿忆起，
安庆乡下月湖堤边，
塞满塘凼无数。
老娘指曰：
"谨记，此可入药，名曰菖蒲。"

慈湖河坝上野花

我且问大家，这是哪路奇葩？
一夜之间，占满河坝。
梅雨浇不透，太阳晒不化。
狂风没吹瘦，日子没拖垮。
不厌红尘，不显芳华。
迎来送走了几个节气，
看架势似要挺进盛夏。
我看他，貌似柔弱，实则强大。
想来，吾辈真不如他。

梅雨回时

时在亥分，节序小暑。
雷电大作，狂风呼呼。
原是今岁，末回梅雨。
如此率性，无非是，
教人记住，伊造化辛苦。
叹山川冉冉，岁月骎骎。
谁又会流连，
伊曾匆匆，来去江淮路？
笑世间，多少事，
费尽心机，依然如故！
莫若去去去！

朋友圈偶得老农牵老牛过老桥图

山上山下，
溪边桥头。
苍苍蒹葭，
莽莽沙洲。
竹雨松风薄，
朝霞宿露稠。
见惯离合悲欢，
耿耿星河诉说情仇。
历经家国磨难，
即墨城下书写春秋。
几许诗意玄幻，
函谷关一旦风流。
茶烟琴韵里，
度得岁月悠悠。
曾欢喜尧舜禹，
曾伤心夏商周。
纵然千般殷殷，
万般苦累，
终落得，
葬身肚腹，
骨肉无收。

注　即墨，今山东省平度市，战国时齐将田单在此以火牛阵大败燕将乐毅。函谷关，在今河南省灵宝市，中国古代军事要塞，春秋末，老子于此倒骑青牛出关西去，留下《道德经》五千言。

己亥连绵春雨

从冬到春，游走江淮之间。
潇潇洒洒，不分黑夜白天。
投怀送抱，打湿胭脂，凋敝美姝颜。
混了岁月，摧折秀竹，难为鹧鸪天。
穿街过巷，车轮起处水溅溅。
掠水夺岸，尽使杨柳乱堆烟。
都云贵如油，今春不堪怜。
似去还休，才下墙角，又上桁橡。
直使山川画难展，不教春色唤人间。
吞吞吐吐，遮遮掩掩，好个阴阳两重天！
这做派，个是让人欲哭无言！

安工大六十周年庆祝晚会印象

一片舞台，点两行霓虹，搭出生意欣欣。
三秋凉夜，借四篇华章，构建五彩缤纷。
六秩故事，托七阶音符，尽显风雨雄浑。
虽极短简，却又意赅，
区区半个时辰，胜过万千时分。
说透了精工博学智慧高，
道尽了厚德敏行系芳魂。
不由人如饮烈酒胆气足，
又仿佛肋添双翼豪迈生。

哪需巨星云集?

一样随风入云。

岂止八方宾客今宵唯共醉?

更有九天河汉羞得星不明。

诗曰:

锣管喧嚣电影开,祖孙四世演将来。

凛然鼓动雷霆急,慷慨陈情细雨徊。

狂野足能凌五岳,清回亦可接瑶台。

曾经不忍低头事,锦绣铺呈慢剪裁。

振华讲坛专家欧震先生印象

自诩堪与鲁达较量外表威猛,

可鲁达哪里有他的细腻干练。

博大无边,

两小时把中外古今都说遍。

激情澎湃,

让书香校园顿时生机无限。

诗意盎然,

让振华讲坛变得别开生面。

同学们都说真的厉害,

老师们直说值得留恋。

原是诗城的本土高人,

直到今天才被我发现。

注　欧震,当代著名诗人,著有《青春中国》《秋天里的中国》《月光下的中国》等名篇,多年传唱不绝。

见双心图适逢安工大六十周年校庆

郭东十里，一去金陵，振华书馆，两行心字忽呈。凭谁问，碧落黄泉，究竟奈何几分？

天上那厮，去留无意，张驰无痕，再望时，已随云淡风轻。且由他上天入地，我自，私打量，难保不眉竖眼横。再论地下这个，竟不媚不俗，又浓淡相宜，倒衬着黄叶纷纷。

既如此，我劝你，不如随桂就菊，各呈名节，一秋共领。为啥？担些子，竞风流，同为学校甲子华庆。

诗 情 缘 起

戊戌辛酉月乙卯日（2018 年 9 月 20 日），适逢安徽工业大学六十周年校庆。学校于秀山校区振华广场前置地标，呈心形，红色，巨大，甚为提振人气。是日也，天朗气清，云霞灿烂。轻风吹拂，云霞游移，自东向西。约在申时，恰巧白云一朵，亦呈心形，缓缓过振华图书馆楼顶，与地上红心上下呼应。其时正值上班高峰，一时全校争睹，皆嗟为祥瑞，意谓为校庆送祝福也。遂命笔。

行经花果山

春已过半，
暮色正稠。
小坝截断水悠悠。
左边是古铜镜没打理，
右边是黑泥巴对高楼。
架不住四围鼓点响，
杨柳丝结成好千秋。
号曰山庄秀水，
不见点点飞鸥。
一阵风儿起，
掀翻臭盖头。
乱脚印踩满洞口，
破布袋滴出细流。
转瞬霓虹降，
瞬间一网收。
虽然一切还令人作呕，
好歹暂时有了布遮羞。

注 花果山，位于安徽省马鞍山市，四围多废水及垃圾堆放。

父子一场

无论天不假年，

无论寿期南山；

无论虚心假意，

无论真情实感；

无论寂静沉默，

无论沸沸扬扬；

无论终生相守，

无论长久离散。

都是父子一场！

道甚人生曲折，

道甚征路漫漫？

道甚富贵喜悦，

道甚贫贱哀婉？

道甚三长两短，

道甚四海八荒？

道甚子虚乌有，

道甚地狱天堂？

就是父子一场！

映书湖上所见

我站在映书湖的桥上，
看那棵我已看了又看的柳树。
秋已然这么深，
她为何
还迟迟不肯瘦去。
我绞尽脑汁冥思苦想，
哦，原来啊，
她终日与湖水为伴，
湖水早已习惯了她的丰腴。
而湖水也不肯瘦去。

庚子立冬日随感

无端地，
我从梦中醒来。
我下意识摸索到手机，
点亮屏幕，
正好十二点整。
哦，
我又穿越了一个季节。

栈桥所见

我站进滨江公园栈桥上的黄昏，

附身栏杆，

看一朵细小的浮萍，

随江水绕着桥墩徘徊不定，

看上去焦躁万分。

他似是才出生不久，

还披着一身怯怯的绿嫩。

我在想，

它大概是要在天完全黑下来之前，

努力找到自己的根吧？

我几次欲言又止，

却是怕伤了它的心。

因为它哪里知道，

既然选择作了浮萍，

哪里还有根可寻？

注　滨江公园，在安徽省马鞍山市长江边，系新时代美好乡村名胜风景区。

晚自秀山校区归家骑车过五担岗路

五担岗，

一条马路的名字。

其路，

长不过千米，

却从湖北路往南，

潇潇洒洒，迤逦游移，

先越过绿地臻城一期，

再中分大台北的阔气，

最后一头扎进霍里山大道怀里。

我好奇的是，

究竟是谁想出了这三个字。

五担岗，

听上去如此土里土气，

看起来却又十分接地气，

分明还衬着四围的都市洋气，

显出莫测的玄幻与神秘。

细想来，

也许原本就有那么一条小路，

曾经连着一个不起眼的小岗的脚底。

曾经村里有人播下了种子，

却又懒得去打理，

心里只想着，

收成有无全靠运气。

于是，

某年某月某日，
流年饥馑来袭，
村里它处颗粒无收，
小岗却出乎意料，
长出了五担谷子，
帮助村人度过了危机。
此时的五担岗路，
人车繁忙，
灯影迷离。
我手把单车缓缓向西，
脑子里想着它的前生，
脚下踩着它的今世。
这种感觉，
既让人感到沧桑无奈，
又让人觉得幸福无比。
从此，
五担岗开始走进村人的心里。
真可谓，
混沌万年，不明所以，
潇洒转身，一朝华丽！
时光荏苒，岁月驱驰，
又过了一千年的光景，
五担岗，
迎来了新时代，
应了城市扩张的需要，
连着小岗的那条小路啊，
将要铺上水泥，
很快高楼林立，

并被理所当然地赋予一个
容易被人记住的名字，
因为，
在现代生活节奏里，
名字就意味着商机。
于是，
效力于城市规划的技术人员，
感觉到了无边的压力。
他们查府志、总大概、细分析，
但最终还是用了五担岗。
因为，
五担岗三个字，
已完全融入城市的回忆，
因为，
唯有五担岗，
才配在城市的东厢，
迎来送往。

注 秀山校区指安徽工业大学东校区。

无题

不要责怪，
不要奇怪。
不要怪沐浴露越来越假了，
最好还是检查一下自己是不是越来越油了！

推窗望月偶记

早忘了世间还有月上西楼，
今晚无意间抬头，
看见月亮竟是这么圆这么厚。
记得上一次看见月亮的时候，
我还是西装革履，正大步流星
由绿地臻城左转到湖南路口。
但那一次的月，
只是黄昏时分的一弯新钩，
我也只是匆匆一瞥，
无意再次凝眸。
为什么会如此不知迁就？
我绞尽脑汁，思前想后。
也许是城市的灯光盖过了月的风流，
又或是生活的节奏让我们
忘记了何时应该抬头。
想来，于我，
上一次黄昏时的湖南路，
胸中涌起的不过是附庸风雅的几句顺口溜，
而这一次的轻轻对视，
心中泛起的却是
儿时的湖村夏夜，
玩伴散后，
我乘月独归，
落寞中任清辉洒满衣袖。

冬泳

这片水域，
昨天要冷得多。
但是，
昨天下水的人很少，
岸上也没人为他们欢呼，
更没人为他们拍图发朋友圈。
毕竟，今天下水才能算作冬泳。
因为，
今天立冬。

街头观人随意停车

一头扎个空位
谁人不会？
但明早的人流熙攘、车来车往，
你又如何驶入正轨？
生活有滋有味，
不要只顾昨天的前进，
更要想到明天的后退。

晚归

瞧见没?

我一个人呢!

瞧见没,

单衣简裤,闲步轻鞋?

和着,

车马中的桥,霓虹下的街。

还有么,哦哦,我哕哕,

嗯嗯,还有的。

还有发自肺腑的天真,和着无邪!

嗯嗯,让我拐个弯吧,

嗯,看见了,

我看见了

深沉的河灯,摇摆的柳斜。

还有啊,

还有和馨园酒店的缸大,

还有东城花园的灯灭。

还有呢,

还有心灵的一本正经,

还有微醺的趔趔趄趄。

我还看见,

慈湖河坝上的菖蒲花,

郁郁葱葱,

从冬开到春,毫无气节。

于是,我只好

沿着慈湖河坝，

由南往北，

慢慢行呗。

碰到的无非是，

我熟悉的大哥大姐。

一个个对我张开笑脸，

荡漾着对美好生活的喜悦。

与人闲谈上班趣事

郊区的蚊子多情又嚣张，

从夏意淡淡直到白露为霜。

从雾笼霍里直到夜罩秀山，

休谈什么暴雨如注，

遑论什么阳光灿烂，

何曾离开过我的陋窗？

呵斥赶不走，

生气又何妨，

还不是照样哼哼唧唧，

自顾自地把自己当作夹枪弄棒的美娇娘。

还美其名曰：

只是恋着我的多肉的大脸庞。

于是我赫然宣战：

"嘿嘿，看好啦，

你有你的老枪棒，

我也有我的电蚊香！"

"可是，不行啊，

这宇宙哪有被吓出来的弱？
只有被逼出来的强！
来来，请哥再细听端详：
我们早已是百毒不侵。
而你却只有两种下场，
被我们的枪棒刺到烟消云散，
或被蚊香片熏死在你自己的岗位上。"
啊，怎么会是这样？
一席话让我愣了半晌。
哦哦，好吧，
既然进退维谷，
那就赶紧收拾东西，
下班走为上！

秋晨

清晨，
阳光灿烂，惠风和畅。
去牵我的青牛，
在蓬莱路上。
自东向西，背着一轮朝阳。
打算随时回头，
拥抱光芒万丈！

无题

如今的蚊子，
已然是成了精灵。
这不，我到办公室甫一坐定，
就悄悄找上了门。
不管三七二十一，一通乱啃，
隔着一层防护都能弄得我疼痛难忍。
奇怪呀，我的窗缝开得如此之小，
他们又是如何挤进来的三五成群？
哪里还讲什么双节同庆的欢乐气氛，
他们主动发起了进攻，一轮又一轮，
或大规模正面冲击，
或小范围游击战争。
他们隐隐显显，飞飞停停，
直至惹得我热血贲张，义愤填膺。
我忍无可忍，于是被迫还迎！
我束带罗袍，提枪上马杀入敌阵，
很快，混战中就有蚊子成了牺牲品，
战争也在刹那间暂停。
我迅速打扫战场，
但结果让我唏嘘万分。
因为我发现，
比起城里的蚊子来，
郊区的个头的确是小了三分。
看来，进化论说得没错，

大自然就是如此，
物竞天择适者生存。
为了家族繁衍兴旺，
即便是小小的蚊虫，
也得与时俱进！

无题

仲秋之后，
每天清晨都选择在这个点
打开楼道的密闭的铁门，
无非就是想一头扎进
和我一样憋了一夜的
桂花的香里！

晚归代小区路灯言

我渴望，渴望夜深，
是因为，我总在拼尽全力，
照亮哪些晚归的人。
我害怕，害怕夜深，
是因为，我不想
让夜的黑
弄脏了我的光晕。

勤华阁观无名野花

妻说，这是美丽的鲜花。

我说，这是吓人的怪兽。

为啥？不信？

嗯嗯。

那你过来看，

这庞然身形，

像不像蛟蛇出海？

这满身碎片，

像不像用鳞片缝制的甲胄？

你再细细看，

这傲慢神态，

是不是透着寒气，

这通体紫色，

是不是皮糙肉厚。

还有啊，你来用手摸一摸它，

来呀，看看会不会被它咬一口。

啊咦，

经你这一说，它还真是个怪兽，

不小心能把人吓个够。

呵呵，

文字魅力直如酒，

怎么喝怎么有。

古往今来都如此，

轻轻一挥便是春秋。

绕映书湖一圈随记

暮春午后的秀山校园，
景色那才真叫一个撩人。
我西装革履，
绕映书湖慢慢独行。
我东张西望又似乎无须张望，
走走停停又似乎不必前行，
因为一切都是那么的熟悉，
早已随年入心。
哦，这是头一回，
偌大的园子里看不到一个人。
因而一切又都显得那么陌生，
甚至竟而有些失真。
在湖边的石头上坐两分钟吧，
能望见汇文楼宽大的西门。
索性在石头旁的草地上躺一躺吧，
好松一松渐渐老去的筋骨，
正好用西服盖上眼睛。
但尚未完全回春的小草，
依旧保持着冬的坚硬，
生生透过棉毛衫，
扎得后背生疼。
于是，我只好站起身。
我掀开盖头的西服，
忽然发现太阳又亮了几分。

呀，湖上万树成英，

每一片树叶都携着正午的万丈光芒，

用力撞碎我的镜片，

刺得我睁不开双眼。

但我却并不害怕，

依旧摸索挣扎着，

想要去掐一把每一片叶的水灵。

哦哦，岂止是叶，

转回身还有樱花铺成的锦。

我下意识的寻找，

但哪里看得到彩蝶纷纷？

阵风起，团起几片黄叶袅袅婷婷。

我追着黄叶横越景观大道折往西行。

在逸夫楼北边的斜坡上，

我看见，高树已悄悄成密林。

三个月无人打扰的穿林小径上，

鸟屎爬满了曾经骄傲的路灯。

喜鹊从地面打闹到树顶，

鹧鸪只偶尔咕咕两声。

芝麻山庄的西脚下，

几棵落单的李树，

似是没有挺过这个春。

我边走边写，

柏路青青。

我欲睡昏昏，

欲罢不能。

上班时间已到，

我且转回程。

见某面馆将一次性塑料杯摆成艺术品

是谁把这寻常自由散漫的东西，
堆出这么优雅的造型。
傍晚蓬莱路上闪烁的霓虹，
又赋予她以灵魂，
让她看上去恰像一只淘气的小精灵，
成为此刻汇成上东南门最独特的风景。
起止是悦目，
简直是赏心。
真是应了那句老话：
只要生活用心，
处处充满创新。

（注） 蓬莱路，在安徽省马鞍山市。汇成上东，小区名。

月湖茶叶蛋

人曰土鸡蛋，
俗称金元宝。
是平时的零星积攒，
是一时的细选精挑。
洗浊了皖河水，
烧透了柴火灶。
品相周正圆润小巧。
既有泥土的芬芳，

更有老茶的劲道。

十个作一盘，

不多也不少。

奉于年头，

置于桌角。

不问男女，

不管老少。

进门吃一个，

不关饥和饱。

过程简单寓意美好。

月湖茶叶蛋，

是一年一度对游子的呼唤，

是近乡情更怯的难与人道。

是村人创业发家的财达三江，

是伢子学海行舟的不惧金涛。

是厚德载物，

是心比天高。

月湖茶叶蛋，

从物质贫乏到生活富饶，

从悠悠往昔到美好今朝。

从窝在堆满挂面的碗底当作摆设，

到立在迎来送往的桌上独领风骚。

你，够威够猛见多又识广，

你，够稳够柔不把流光抛。

（注）　皖河，长江支流，发源于安徽省潜山县，全长二百公里，流经潜山、怀宁等县市，于安庆市注入长江。

赴马鞍山市"世界读书日"读书节开幕式

拎着一个装着书的包，
穿过一座叫做心的桥。
背着一轮上了树的日头，
听着鸟儿一声比一声高。
去赴一场叫做市读书节的会，
驱车西向车流稀少。
这感觉很好！

勤华阁中的向日葵

不能在野田迎风摇摆，
没有蜂蝶授粉的愉快。
虽然看不到一丝阳光，
也一定要站出对着太阳的姿态。

偶见杂感

办公室茶水柜上方的墙上，
趴着一个小东西。
与我平视的眼光等高，
隔着几米的距离。
本能地，
我以为是蚊子。
便毫不犹豫地抬起了手，
打算一下子把它拍死。
可走近仔细看，
却是蜘蛛一只，
吓得我迅速把手缩回了怀里。
其实，
岂止是人类，
这世上任何活着的东西，
其出身的选择，
都由不得自己。

乘汽车自合肥返马途中昏睡醒后作

太阳西落，
斜晖坠大川。
虽写满浓暖的血色，
却使人隐隐地感伤。
这可是我在梦中常常见过的景象啊：
我独自一人，
站在静谧的旷野的中央，
脚下是一处浅浅的土岗，
四周是混浊呛鼻的泥浆。
湖泥稀软，
在地热的闷煮下，
渐渐熬出汩汩的粥的模样。
凸起和浅窝相互交替，
带出气柱高高低低，
浓浓淡淡。
气柱升起，
把似痒非痒的冰凉溅我的手背和脸上；
气柱落下，
滋出雨打炭火般的无奈的声响。
草履虫在泥里挣扎，
大鸟在天空煽动翅膀，
巨蟒与恐龙长长的脖子彼此缠绕，
互不相让。

我举目四望，

一片茫然。

我为何在这？

这又是什么地方？

我绞尽脑汁，

苦思冥想，

哦，

这分明是一处远古的湖床。

但依稀又是

我熟悉的村庄，

来告诉我，

原来我已穿越亘古洪荒，

连同我年少时的故乡。

也许是洪荒的古老，

让我慨叹人生之渺渺；

又或是古老的洪荒，

让我慨叹宇宙之浩瀚。

我心生难以名状的酸楚，

并进而无奈惆怅。

诗意缘起

庚子年立冬日上午，乘汽车自合肥返马鞍山，不知不觉昏昏睡去。醒后于群里见图，系同事所摄江滩深秋落照，夕晖映江，草木始凋，颇有苍凉古朴之风，与梦中背景颇似。遂命笔。

随记

打死了一只蚊子，
费了老大周折。
在车的驾驶座的狭小空间，
在点火后即将起步的间隔。
三十秒的生死追逐，
一瞬间的杀伐决择。
不单为小腿上刺痛后的奇痒，
更为盘旋于头顶的西风瑟瑟。
掌心里的万朵桃花，
分明是居士的 AB 型血。
看着桃花由红渐紫，
涌上心头的竟是一阵纠结。
挠耳想来，
眼前之事，
真不似我居家或在办公场所出手的时刻，
因为彼时像极了正当防卫，
只不过是动作过于猛烈。
而此时，我百口莫辩的是如下指责：
一者，有引狼入室的过失，
二者，以大欺小，恃强凌弱，
三者，有设计陷害的不道德。

街头公共车位乱占

圈地运动无处不在，
不论今古还是中外。
画个格子，撒上种子，
以为长出来的就是属于自己的大白菜。
这作派，实在可爱!

冬天的落叶

冬天的落叶，
我想对你说：
虽然你已走到生命的尽头，
但是，
我并不打算为你悲伤。
因为，
你毕竟经历了一年四季，
见证了寒来暑往。
从生命的轮回来看，
已没有留下缺憾。

至小区北门取车途中随记

出门何所见？
无非小径盘桓任意曲张，
无非睡莲红紫挤满池塘，
无非女人浑身上下环佩叮当，
无非木桥迎来送往吱吱作响。
好久未翻看朋友圈，
刚自之得知，
已节临夏至，
今日始岁转阴阳。
忽而明了，
眼前的一切，
看似普通，实不寻常，
每一样都见证者，
都包含着，
日月轮回，乾坤浩荡。
进而明了，
你确实无法预知，
到底哪一个会先赏光，
明天抑或死亡。
故而，
请珍惜每一个还能拎包出门，
还能自主游移的黎明时光。

暴雨中驱车阻于路

嚣张的暴雨，
漫地的积水。
天宝路与湖南路搭成的十字架，
浩浩荡荡五颜六色的车队。
一群平素不相干的男女，
顺着同一个方向走走停停几个来回。
虽不到半个时辰的光景，
却也是进入了一个短暂的轮回，
让人不由自主跟着进退，
而无法知晓是谁在调度指挥。
这画面，
真唯美！

注 天宝路、湖南路，在安徽省马鞍山市，均为交通主干道。

清晨出门随想

不论夏日炎炎，

还是冬日寒冷。

不论艳阳高照，

还是雨雪纷纷。

不论精神抖擞，

还是昏昏沉沉。

珍惜每一个悄悄来临的早晨，

一并每一个拎包出门的时分。

因为此刻，

生活又多了一份希冀，

生命又多了一天年轮。

傍晚湖南路上见乌云戏劝红尘

每每抬头望见这样的云，

我都幻想着后边藏着一只怪兽，

会随时跳下来扑向我的面门，

一口把我吞下，

我在它充满粘液的黑暗的肚子里小心翼翼，

生怕把它弄疼了一收缩把我夹成了肉饼。

这样想着我不由得一激灵，

低头一看，咳，

我依然是我，

仍在湖南路上慢慢西行。
是啊，
生活如此美好，
何必焦虑太甚？
红尘自有它的节奏，
你只管放松身心踩着鼓点往上迎。
累了困了就好好休息，
准备迎接又一轮旭日东升！

听鸟戏记

寅卯相交时分，
莫名被手背上的瘙痒弄醒。
顺手挠挠止止痒，
懒得管是谁这么捣蛋烦人。
不过，猜也猜得到，
不是勤华阁的新虫，
就是书橱顶上的老蚊。
我闭上眼睛想要再睡去，
但哪里还睡得深沉？
就这样迷迷糊糊半睡半醒，
似不经意又好像有心，
竟然隔窗偷听了一早晨的鸟鸣声。
这是一场鸟的大型会议，
不信请听我说分明。
叽叽，来了第一声。

喳喳，迅速有了回应。

这肯定是提前到会的俩小兵。

俄顷，到会的越来越多，

招呼声越来越频。

叽叽叽叽，

喳喳喳喳，

全场开始热闹沸腾。

忽然一声高亢打碎黎明，

显然是来了本次会议的主持人。

伊一声高过一声，

似是激动万分。

但伊似乎并没能控制住秩序，

因为会场依旧吵纷纷。

我既然听不出所以然，

索性完全不再关心。

于是，瞬间睡意席卷全身，

待醒来周围已是一片安静。

但仍能听到零星的叽叽喳喳，

一如会议开头的那几声。

仿佛是在相互询问：

今天的会议您到底听到了几成？

月湖端午麦粑

这是啥？

没错，是麦粑。

虽圆不笼统，身材臃肿，

但纤纤白嫩，温润如霞。

你看她无拘无束，

你看她自在闲雅，

那是因为她早已，

走过时代风雨，

历经世纪芳华。

早已经春秋洞明胸襟豁达。

她原本是一个叫做月湖的村子的特产，

也是独特条件下的独特文化。

在物质匮乏的年代，

在尚未粽香飘飘的五里坝，

水乡的厨娘，从极稀有的旱地

刨出丁点儿麦子，

托付粗笨的石磨，

凭着生疏的手艺，

把她打扮成笑靥如花。

然后，她被送上祭坛，

以寄托村人对屈子的牵挂。

从这个意义上说，

她是从前的乡野，

传承中华文化的灵活变通的表达。

而今，她早已完成使命，
随着村里走南闯北的手艺人，
走进了万户千家。
但是，却在年年端午，用精气神，
聚拢起散布四海的村里的你我他。
告诉人们，她依然，
听得见千年之外的楚歌悲壮，
看得见汨罗江上的寒月弄纱。

诗情缘起

月湖居古皖国（现址安徽安庆），民风古老淳朴。依山傍水，主产水稻，兼少量小麦。有端午以麦粑祭奠屈子之俗。麦粑因以青樟树老叶替代笼布大火蒸就，清香扑鼻，远近闻名。

暮登勤华阁观黄瓜

这根黄瓜，
我看着它，
从小如豆丁长到一尺上下。
就在刚才，
我还小心翼翼地摸了它几下。
我抚摸它时的样子，
看上去一定是充满温柔且笑靥如花。
但谁有知道我当时内心的想法？
哪里有什么爱抚？
我哪有那么高大？

我只不过是盼着它快快长，
到时候好痛快地吃了它。
这是有多可怕?!
但细细想来，
世间的人和世间事，
惦记的或被惦记的，
也大抵如此吧。
想到此，不由我
两股战战，意乱如麻!

醉归

其实也没什么，
只不过是一场酒席。
只是其间的对话，
让我留下深深回忆。
据说是两位诗人，
看上去一般年纪。
虽身形发福，
但都是养眼的书生气息。
甲曰：哈哈，你貌似现代，其实很古典。
乙曰：呵呵，你长得古典，却更合时宜。
是啊，
人生如梦，
不必说东道西。
来去匆匆，

谁扶我上楼梯？

走吧，

都走吧，

樟树的叶，

柳树的枝。

走吧，

我们一道，

共江东道上的夜色阑珊，

共工行门口的灌丛低迷。

好吧，失陪了，

我回了，

你们

也好自为之。

晚安了，

我的朋友，

忘了今日的不快，

好好珍惜。

谈不上别梦依稀，

但常常能相互问候，

也会成为美好回忆。

注 江东道，街道名，在安徽省马鞍山市，以居长江以东而命名。
工行，工商银行。

早醒听城市的声音

总是在五更头上被尿憋痛了膀胱。于我，
早醒这件麻烦事，已不再需要闹钟帮忙。
窗帘悉悉索索，惹我扭头向外张望，
但窗外
仍是黑茫茫一片。
于是我索性，
披衣坐起，闭目开聪，斜倚老床，
且听一听城市此际的声响。
可是，我听不到啊，
那些熟悉又亲切的音符本该在此时遍地流淌。
我听不到送奶的三轮轻松地过着路障，
我听不到迟到的高中生冲刺的自行车铃铛；
我听不到地下车库出口男人的豪爽礼让，
我听不到女人计较着游贩的白菜的斤两。
我甚至听不到马濮路上渣土车的嚣张，
听不到紧随其后的洒水车轻轻唱着
"米兰，米兰"。
哦，这个城市还在梦中，
她已睡得太深，睡得太长。
一切都不是原来的模样，
一瞬间，莫名的情绪占据了我的心房，
让我一时手足无措，
竟致有些茫然。
尽管如此，我却并不担心，

更不会忧伤，因为我知道，

这不速之客，其姓其名绝对不是叫做绝望，

只不过是

类似水土不服带给人的丁点儿紧张，

又或是晴空里无端就下了雨，

而你却没来得及撑开雨伞。

对，就这么简单！

你只需要静静等待，就像等待

风土宜人、雨过天晴那般自然。

况且，实际上，只要你愿意，

你可以听到

另一种更美的旋律。

是啊，我分明听到了，

我听到了风过处杨柳摇晃，

我听到了军旅的起床号高亢嘹亮。

我听到了小鸟叽叽喳喳呼朋引伴，

我听到了鹧鸪一声自赏孤芳。

我听啊听啊，

似陶醉，又有些迷茫，

迷迷糊糊仿佛又睡了一场，

再醒来时，不知不觉

日头已透过我的窗。

哦，我知道，

她是来告诉我，

此刻，春苗在膨胀，

大地在芬芳。

她不过是来告诉我，

佳山已然花树浪漫，

慈湖河依旧由南向北婉转，

告诉我，

薛家洼依旧日月慨叹，

十二亭桥啊，

已然燕子来往。

告诉我，

小九华依然做着道场，

永和照常供应着豆浆。

告诉我，

一切还是从前的漂亮，

只是换了另一种着装。

够啦，不用再说啦，

我已完全释然。

一切都有声有色按部就班，

一切都从容自在如意吉祥。

寥阔苍穹，

大千莽莽，

一万年不短，一亿年不长，

可那，又会是谁的逃避，

又会是谁的向往？

哪里寻得答案?!

不过，以我经年累积的愚钝，

忽然间就觉得，

普世的愿望，不过是二字平安。

注　薛家洼、十二亭桥、小九华，均在安徽省马鞍山市，前二者为美好乡村名胜风景区，后者为理佛胜境。

陶瓷碗对玻璃杯的诉说

我原本只是一块尘土，
你却是石英一颗。
我从未，从未想过
有一天，
会与你有今世的因果。
也不知是修炼了几世的轮回，
我竟与你同室消磨，
又不知是经过了几劫的日月穿梭，
我竟被神仙姐姐亲手
送进了你的心窝。
我知道，
你我本质不同差别太多，
本应岁月安好各自蹉跎。
但坠入你的怀抱的那一刻，
那种火石电光的感觉，
还是立刻使我心海翻波。
尽管也许是刹那间的阴差阳错，
但我更愿意相信，那或许又是
冥冥中的巧妙撮合。
如今，全世界都看得见，
你我已紧紧相连无法分割，
依这情势，
分离中的任何动作，都只会带来
彼此伤害的结果。

那就索性来个，
地久天长
我中有你你中有我，
别管他人如何传说。

诗情缘起

　　女人在厨房刷碗时失手将陶瓷碗掉入玻璃杯，二者紧紧相扣，若强行取出势必二者俱损。于是索性由之。

盆鱼的告白

是谁的随手一扔，成就了
这般的妙趣横生？
既然已身在人类的盆，
又何必计较
水浅还是水深，
更无须考虑，是被红烧
还是被清蒸。
姑且闻着袜的臭，也让袜
偎着自己的腥。
摆好造型，各自深沉。
任凭人来人往，也休想破坏
这卑微但固执的平衡。
虽无从考证，
却宁愿相信，

这微不足道的短暂的相爱相亲，
一定是亘古未有的仪式感幻化成的精灵。
倘若此，
也足可托付
生命的最后一程。

诗情缘起

　　女人从菜场带回鲫鱼，用大盆养在卧室的浴缸里。男人回家，如往常一样更衣后顺手将穿了一天的臭袜子扔进浴缸，却听到了一阵水溅声，打开灯看时，却是鱼顶着臭袜子在游动。

自嘲

千秋美梦知谁主，
曲直是非一网收。
啃着不着调的棒子面，
就着看不透的高粱酒，
把片片猩红送上额头。
眯着吊袋子的老花眼，
掰着长膘子的大肥手，
把亘古日子细来数，
通通装进了棉裤兜，
那滋味，
不是富有胜似富有！
白炽灯幻出金迷纸醉，
筷子头吮出血色温柔，

山雨起处，

便是云休，

这次第，

不是风流也是风流！

可是，

梁园虽好，也有哀愁。

人在屋里坐，心在天上游。

君不见，

咱脚下这蓝色星球，

直如扁舟一叶，

寻不到倚靠的沙洲。

想到此，

怎不教人，

情难自已，瑟瑟发抖！

"课本上的马鞍山" 2019 最后一站——东梁山

丁酉年的仲秋，

我们一起去了西梁山。

那是让楚江中断的天门的西扇，

还是从来的兵家要塞，

打响了渡江战役第一枪的地方。

我们打算先一起凭吊先烈，

再隔江远眺天门的另一扇。

我们一起拾级而上，

一起感受石板路两边的古木苍苍。

我们一起在人民英雄纪念碑前宣誓，

一起在通透的六角亭里热血贲张。

但彼时，

江天一色烟雨茫茫，

哪里还看得到东梁山？

只任由我们思绪飞舞，

自由想象。

己亥年的仲冬，

同志们终于去了东梁山，

可我却不能结伴同往。

虽觉遗憾却不感伤，

因为，

透过屏幕，

我一如亲临现场，

感受到巨轮的威武，

沙滩的晴光；

感受到天地的开合自如，

江山的无限豪放。

"课本上的马鞍山"，

经冬历春，

意味深长，

凝聚人心，

富于想象。

这大概就是组织的力量！

注 "课本上的马鞍山"系安徽工业大学图书馆第二党支部党建
文化品牌。

赴安徽省图联盟年会于合肥街口即兴

交了安港的房卡，

吃了良苑的叉烧。

看看墙上的挂钟，

离下午的会议还早。

背起我的电脑，

拎起我的小包，

踩着自己的影子，

走上徽州大道的天桥。

晒着桥上的太阳，

望着四围的热闹。

微风吹拂，青天笼罩。

高楼林立，各自俊俏。

人来车往，互不相扰。

我若有所思，

又似无着无落。

忽然一声刺耳，

划过城市喧嚣，

提醒我，

是时候了，

去赴下午的报告。

注　安港、良苑，在合肥芜湖中路上，前者为酒店名，后者为饭店名。

观国庆七十年阅兵式即兴

大洋西岸，世界东方。

广场阅兵，声势浩荡。

这是今日华夏的齐声欢呼，

这是全球同庆的热烈奔放。

我自豪于你靓丽的绿色戎装，

我沉醉于你厚重的脚步铿锵。

我用痴心不改，

抚摸你威武的身姿，

我用满眼期盼，

穿越你不竭的昂扬。

我看见了百年前的国运不堪，

我看见了南湖上的希望之光。

我看见了路途凶险，

我看见了星火燎原。

我看见了，

我全看见了，

我看见了十万大山，

我看见了大渡桥横铁索寒。

我看见了国旗血染，

我看见了十万工农下吉安。

我看见了抓革命促生产，

我看见了塞北江南南泥湾。

我看见了追穷寇真果敢，

我看见了绝不沽名学霸王。

我看见啦，看见啦，

我看见了实事求是，解放思想，

我看见了一带一路，伸向远方。

我看见了使命牢记，初心不忘。

我看见了中华腾飞，超越梦想。

戏说早餐吃麦糕

瞧这一盘，

原是巧妻亲手包。

南方大嫂，

竟也能做出北国麦糕。

倘我不说，

谁知是头一遭？

玲珑点醉秋色，

柔和透着妖娆。

还有那袭人的香气，

直往人心里乱飘。

别急，

且让我浅尝一口，

呀，味道很好！

一阵风儿过，

啧啧，

这感觉，

真奇妙！

日记

当的一声，系统提示，
我曾在QQ空间留下文字。
虽已五年，读来仍觉一股豪气。
为何认识如此理智？
此刻，纵然拍破脑袋，
也无法把当时情景忆起。
但想来，
也不会是率性为之，
因为，
毕竟那时我已然春秋茂密。
虽说人生上下求索不已，
不能做到事事如意。
但对比文字，检点成绩，
显然，
过去五年，
我努力得很不彻底！
过去且过去，不必自叹息。
岁月传金梭，未来足珍惜。
捏起指头拧自己，
还好，
兀自痛入肌理。
整理思绪，
权做一篇日记。

路上即兴

雷阵雨转多云，

现在最可信的是天气预报。

晴有晴的美，

阴有阴的好，

来点小雨更奇妙！

世界没有那么糟糕，

全靠人把心儿洒抛。

就如同下图中的造型，

你觉得不过是

酒瓶举得高高，

我认为那是

战斗吹响了号角！

走吧，

清风相伴，

跑吧，

一路向晓！

诗情缘起

　　朋友圈见一图，一个男人手握酒瓶，仰头喝酒，背影朦胧。画面略抽象，给人第一感觉像极了司号手在尽力向人们发出最强音。

路过曾经的东环路凭吊

曾经的大路宽阔，
曾经的通达北南。
曾经的雍容华贵，
曾经的仪态万方。
送走过车水马龙，
送走过店铺兴旺。
体味过酸甜苦辣，
体会过苦闷彷徨。
承载过历史使命，
承载过发展辉煌。
如今的东环啊，
塑料大棚林立，
簇着小道羊肠。
枯树衰草横陈，
各色菜蔬张狂。
但是，
也不必心思难安，
更不必焦虑沮丧。
因为，
这里也有芸芸众生，
自有它的万千景象！

注 东环路，在安徽省马鞍山市，曾经的环城东路，现已废弃，
但痕迹犹在。

戏赠小黄车

在辽阔的中华大地上，
你也曾江山一统！
你不欺童叟，
把每个人当做弟兄。
你不计贫富，
与全世界水乳交融。
你穿巷走街，
让多少人不用步履匆匆；
你强筋健骨，
让多少人重拾自信从容。
你让青年人爱上茶烟琴韵，
你让老年人不惧夕照残虹。
你身形俊俏体态玲珑，
你黄袍加身八面威风。
可惜，你不是皇家血统，
所以，一切原来南柯梦。
我帮不了你，你也想不通。
因为说到底，
究竟谁是你的主公？
你在山上，你在水中。
你被草缠，你被泥封。
你设计好的原始欲望，
最后竟然都有始无终。
有人说你是时代的缩影，

有人说你不如屈膝卑躬。

你的一腔热血，

到头来，

不过一场虚空。

生如夏花之绚烂，

你炫遍南北西东。

死如秋叶之静美，

处处是你的哀荣。

这样吧，

就请你轻轻挥挥衣袖，

我且装作不知你所踪。

因为话说到底，

谁是你的主公？

上班路上

早安中国，

一派祥和。

宁静被喧嚣打破。

背起肩包，

出门迎一轮红日喷薄。

街头尽是匆匆客，

开始新一天的岁月蹉跎。

己亥新春乡村美景赠吾侪

难驭岁月轮转，

却喜天地有声。

年尾岁杪，

何由表心？

愿以拙手为弓，

用真意做琴，

拉出此际小村最美的风景。

拉出夜的躁动，拉出爆竹万鸣。

拉出长堤十里，拉出青山隐隐。

拉出良田千顷，拉出阡陌纵横。

拉出稻茬颗颗，杂芜草衰黄；

拉出麦绿片片，共油菜清新。

拉出塘凼棋布，野藕尽采，沃泥沤残荷；

拉出沟渠星罗，家鱼半捞，存水半清浑。

拉出枯芦尽望惜无人至；

拉出鸥鹭几只无端受惊。

拉出惠风和畅，

拉出世间安宁。

拉出对躬逢盛事的感激；

拉出对良师益友的感恩。

拉出新春之盎然，

拉出祝福之深深！

母亲的灶火

一炉雄火，
堆起的是红红烈焰，
传递的是时代变迁。
一炉雄火，
烧的是米面油盐，
映的是地覆天翻。
四十年前，
我帮持家务理锅灶，
对一炉雄火，
稚嫩少年烤红了脸；
四十年后，
厨具升级灶台仍在，
生一炉雄火，
我在静静中年自得悠闲。
一炉雄火经风沐雨，
个中有母亲的双手，
父亲的双肩；
一炉雄火蹁跹起舞，
唱的是阖家之欢乐，
万家之团圆。

年前值班结束戏题

瞥了一眼，
时针已翘得老高。
打个哈欠，
伸个懒腰，
索性，
移步出门背起肩包，
不再纠缠于刚刚发出的新闻稿。
楼外，依然是来时的宁静，
衬着楼内断断续续的吵闹。
映书湖上静悄悄，
对着寂寞小西桥。
忽然明白，
热闹有热闹的滋味，
沉寂有沉寂的奇妙，
一样让人兴致高。
拍几张相片吧，
纪念下年头岁杪。
但是，
比划了半天，
愣是拍不出心里想要的味道。
不知不觉已走到路的尽头，
至此，
算是把全年工作画上了句号。
带着无比虔敬，
恭祝大家新年新貌！

与妻佳山校区夜行

跨过湖东路的喧嚣，
踩碎校园里的宁静。
通往一餐厅的路灯，
依旧照得梧桐影深。
横冲直撞的电单车，
昭示着年节未尽。
互相搀扶的老夫妻，
颤抖成绝美风景。
寒风入怀犹亲切，
细雨扑面不觉惊。
来校二十余载，
历经冬夏秋春。
今日始知，
校园大年夜色，
竟然如此动人。

注 佳山校区，指安徽工业大学西校区。

乡下过年团拜

乡下团拜，
别样芳华。
浩浩荡荡，
一队人马。
左手香烟，
右手细茶。
辞旧迎新，
笑魇如花。
年尾走到年头，
东家拜到西家。
踏碎小路上经年堆积的落叶，
踩平院落里永不枯竭的泥巴。
送走旧年最后一丝夕阳，
迎来新年最先一缕朝霞。
单程七千余步，
热闹十里长坝。
终于把最称心的问候说出，
终于把最真诚的祝福送达。

这一拍

似此轻轻一拍，
近年关，
味道万千。
或许还能相守，
或许阴阳两隔，
又或许同赴黄泉，
全赖人世的苦辣酸甜。
不惧怕似水流年，
未想过憔悴容颜。
这般地与世无争，
这般地红尘眷恋，
却终比不得闪亮的冰冷刀尖。
既无飞天双翼，
又无遁地神功，
便只好暂时相拥，
自艾自怜。

诗情缘起

　　朋友圈见图，中有双猪，体态俱丰。似是情侣，相拥拍肩望月，以背影示人。适逢年根，正是万家宰猪庆年之时，此图颇能给人想象。遂命笔。

勤华阁春晨

勤华阁里，空气清幽。
雨后乍晴，朝日自由。
一丝早霞抹桃夭，
正盼着李树的姊妹秀。
樟树杪在楼腰铺成大路，
鸟儿唱着不着调的风流。
美景何处觅？
堪笑张三，
踏遍五湖，
寻不见适合他的渠沟。
岂似我，
睡衣拖鞋，
轻上楼头。
揉揉惺忪眼，
朦胧望九州。
此际对良辰，
也有欢喜，
也有悲愁，
但都是莫名的情愫。
且一笑参差，
让物华难休。
管他，
阳里东西，
皮里春秋。

湖东路上的格格屋

你是谁的轻描淡写，
你是谁的从容大度？
你是谁的清新雅致，
你是谁的翩翩起舞？
你是谁的热烈奔放，
你是谁的无拘无束？
你是谁的红尘寂寞，
你是谁的蓝色忧郁？
你是谁的沧海桑田，
你是谁的牵肠挂肚？
你是谁的大大世界？
你是谁的小小寰宇？
你莫非是城市的小精灵，
又或是街道的小公主？
原本我与你擦肩而过，
但我放慢了匆匆脚步。
因为，你名字中的两个汉字，
是一个孩子的乳称，
而我，就是那个孩子的老父。
因为亲切，便觉彼此是同路。
于是，我决定做几秒钟的踟蹰，
为你写下这简短文字，
请你务必照收不误！

注　格格屋，一家零食店名，位于湖东路上。

马灯——致四十岁以上的人

被束缚的身姿，
被定格的颜色。
你曾照亮几代人迤逦前行，
用你摇曳不定的迷离星火。
你记得李玉和的足智多谋，
你记得杨子荣的威震山阿。
你是微山湖畔的飞轮滚滚，
你是冀中平原的地道曲折。
你是冰山上的来客，
你是窑洞里的执着。
你走过刀光剑影照见血流成河，
你走过群山巍峨照见崭新中国。
你是露天电影散场后的欢笑，
你是孩子们藏猫猫的碎草垛。
你回应过秧田里激动的鸣蛙，
你拥抱过稻场上赴死的飞蛾。
你喜悦过薄暮里的稻花翻波，
你伤心过老会计的鬓角消磨。
你吟哦过大跃进的震天号角，
你悲伤过丧礼上的死别悲歌。
你披朝霞戴星星，
你是我焚膏继晷的求知探索。
你风里来雨里去，
你是男人的叹息女人的啰嗦。

你轻挥手迎来路，
你是思妇眼角的希冀，
你是离人回家的标梭。
你走过了一个世纪，
走过了无数坎坷，
终等来了电灯手电，
等来了开放搞活。
你曾经恬静淡然，
虽无雕车宝马相随，
却有笑语盈盈唱和。
你早已全身而退，
在博物馆迎来送往，
在小楼里享受高阁。
虽然年轻人无从了解你的历史，
但你仍在不少人心底轻轻诉说。

新安江

一江悠悠，
名曰新安。
百里长卷，
清新画盘。
新雨之后，
浑水流宽。
紫云英艳得欢。
竹涛掩着路弯弯。

车子穿行屋万间。

蜂蝶直把油菜花撩翻。

游人踩碎了万亩茶园。

风推云拉，

原是溪水潺潺。

不必枚举，

端的好个皖南。

怎教人禁住，

转过一山，

又是一山。

我且暂流连，

乐做一日神仙。

(注) 新安江，在安徽省黄山市，系钱塘江上游。

石磨

历经千百年，

跨越数世纪。

侍奉过荣华高贵，

慰藉过卑贱贫瘠。

见证过岁月的沧桑不堪，

书写过生活的自足自给。

你襟怀咫尺，

却浸润春的号角，

你歌声咿呀，

仍唤醒冬的生机。

你是母亲持家的神器，

你是孩子回家的足迹。

你把五谷杂粮变得芬芳四溢，

你让贫穷时代也能生生不息。

啊，你，

你是经典，

你是永恒，

你用朴素勤劳成就了一代代人的美好回忆。

如今，你躬逢太平盛世，

又重新审视自己。

你快速融入现代文明，

全身充满着时代气息。

你为人们搭桥铺路，

成为拱卫新兴农村的藩篱。

瞧，

你盘旋错落，

起伏高低，

处处都是你大有作为的天地。

你俨然已成为时代的使者，

继往开来，

风雨驱驰！

无题

手机屏幕一闪，
弹出一条信息。
下意识点击查看，
是一条系统提示。
三年前的今天，
我曾在QQ说说写下文字。
寥寥一行，没有主题，
根本没打算放在心底。
却未曾想，
经由此系统提示，
竟瞬间升格为温馨回忆。
白驹过隙啊，
华年虚掷，
如何不让人顿觉岁月依依。
绞尽脑汁啊，
细细寻觅，
如何还能再现当时的心机。
才喜昨日尚春暖，
恰恰今日风又起。
嗯嗯，
这天气，
正好适合重复当年的文字：
乍暖还寒时候，最难将息！

公园午间所见

悠扬的萨克斯，
拂水的老樟树。
条凳上老人，
你是在沉睡，
还是在享受孤独?
桃李树下，
花儿映着人儿楚楚。
可这些，
全引不起我的兴趣。
我的目光只牵着，
轮椅上的那对男女。
也许是老两口，
也许是儿与母。
也或许不是至亲的亲属。
可那又何如?
你看，
阳光下的那份坚守与信任，
让人感到多么傲骄与幸福!

说酒

是无事生非的根由，是解释千愁的借口。

既能使人文思泉涌，也能使人蠢笨如牛。

会让温情面目狰狞，会让纯洁沾染污垢。

他啊，

有时是老街口横冲直撞的车，

有时是大巴上挥向司机的手。

啊，他啊，

常使浴火横流，常使道德蒙羞。

啊，他啊，

能让原则伤痕累累，能让权利沦为走狗。

能让伪君子图穷匕见，能让好朋友反目成仇。

啊，他啊，

能使自闭者敞开心迹，能使谨言者夸下海口。

能使莽汉露盈盈娇态，能使懦夫成初生牛犊。

啊，他啊，

成就了多少历史佳话，成就了多少万年遗臭。

成就了多少英雄豪杰，造就了多少跳梁小丑。

啊，他啊，

能使铁树吐芳华，能使狮子大开口。

是夕阳下的古道热肠，是帷幄里的足智多谋。

啊，他啊，

亦正亦邪，亦敌亦友。

是江湖风浪，是岁月悠悠。

走廊偶遇天牛状昆虫

你从哪里来，
又往何处游？
你是小孩儿，
还是老头？
你连名字都没有，
我且唤你做天牛。
你有没有恐惧，
有没有哀愁？
你是不小心脱离了组织，
还是故意离家出走？
你没有吓人的爪牙，
没有奔跑的速度；
没有强健的体格，
没有护身的甲胄。
你今日进入了人类活动区域，
则随时都是你生命的尽头。

路上随笔

　　下班的路上，于霍里山大道边的墙头，见小诗一首。但短短四行，读罢兴未酬。光华且提拙笔，为中国梦续写风流。

中国梦是风，舞动寰宇，

中国梦是雨，澄澈九州。

中国梦是云，千载悠悠，

中国梦是火，美不胜收。

中国梦是你追我赶，

是三山五岳竞自由。

中国梦是雷霆万钧，

是长江黄河势不休。

中国梦是永不疲倦的脚步，

是一代代人如痴如醉的追求。

中国梦是振雄风千帆竞发，

是弄潮儿手把红旗挺立潮头。

中国梦是坚定的眼神，

中国梦是峥嵘岁月稠。

中国梦是五彩缤纷，

中国梦是天长地久。

中国梦是一杯美酒，

让人热血沸腾，

中国梦是一团烈火，

催人不懈追求。

中国梦是大漠边关冷月的沉稳，

中国梦是锦绣江南的美不胜收。

中国梦是最动人的音符，
中国梦是最强烈的节奏。
中国梦，
你我的梦，
中国梦，
你我共有！

(注) 霍里山大道，在安徽省马鞍山市。

蜘蛛

倚着横竖两根窗齿，
守着见方几个厘米。
风里雨里独立坚持，
用大写的卑微方式。
从不抱怨，
永不泄气，
浑身上下都洋溢着自强不息。
虽然渺小无比，
却仍倔强地做好自己，
只为了这个被叫做家的栖息地。
眼前的家，
一张破网而已，
但从不曾被远离。
因为有了家，
便不会有放弃。

夜过慈湖河西岸广场

拥挤的人群，弯弯的小路。
幽幽的草香，淡淡的夜雾。
暧昧的霓虹，流淌的歌舞。
飘逸的太极，劲爆的鬼步。
来来往往的暴走一族，
振聋发聩的海啸山呼。
狗儿的淘气，主人的暴怒。
有交头接耳，有自言自语。
有体格风骚，有便便大腹。
地板砖磨坏了角，
溜冰鞋踩掉了箍。
电瓶车横冲直撞，
小孩子狼嚎鬼哭。
林林总总，
数不胜数。
潇潇洒洒，
无拘无束。
好一幅升平画卷，
老夫我边走边录。
自欣喜无限，
不须与人诉。

代妻题勤华阁

晴阳提携，烟雨助长。
一日不见，芳菲满园。
独对高楼细细想，
原来，
种的是诗情画意，
望的是北国家山。
枝丫难承果的沉重，
那是娘的脊背弯弯。
棚架爬满了细丝长，
那是爹的白发如霜。
多情东南西北风，
胜过香香桃花扇。
任他岁月消磨，
一念起处，
锦绣江南。
任他转朱成碧，
也有欢喜，
也有惆怅。
青青叶映盛世太平，
圆圆桃唱不离不散。
此际，
心早已，
随浮云，
去到天国的遥远。

"课本上的马鞍山"2019第4/5期纪实

走，

我们一起，

用我们的业余时间。

一起去看五彩斑斓，

一起去看城市变迁。

一起去赏滨江公园鸟语花香，

一起去陪十二亭桥掠影浮光。

一起去踩陈家圩的石子小路，

一起去叹博物馆的聚山纳川。

一起去吊斯人不在落叶纷纷挂席帆，

一起去望碧水东流天门中断开楚江。

课本上的马鞍山，

温润如玉，

有模有样。

课本上的马鞍山，

跬步千里，

见多识广。

定不负，

锦绣江南。

注 "滨江公园、十二亭桥、陈家圩，在安徽省马鞍山市，均为新时代美好乡村名胜风景区。

徽瓦

你朴实安详，
千百年来在屯溪畔遮风蔽霜，
让在外拼搏充满梦想，
让无忧无虑陪伴家园守望，
成就了徽商帮的天下名扬。
你敦厚仁让，
把礼义廉耻写在心上，
让吃亏是福成为持家兴业的独特主张。
你经历过戴震的书房，
给过其无限灵感，
让四库全书溢彩流光。
你庇护过胡雪岩的美娇娘，
让官商文化阴差阳错成为美谈，
让民间资本驰骋疆场，
成为大清王朝抵御外敌的主要力量。
你让四水归堂，
让马头墙毕露锋芒，
让黑瓦白墙成为建筑学上竞相仿效的对象。
你看上去两端弯弯，
那是因为你承载过苦难，
承载过悲伤。
你实则是四四方方，
因为你经历过幸福，
经历过磨难和辉煌。

但是，

你不卑不亢，

从不彷徨，

永远都有努力的方向。

瞧，

如今你华丽转身，

轻轻绽放，

让旅游兴旺变得顺理成章，

让大美徽州成为外界的无限向往。

这就是你，

你是欢喜的模样，

你是素颜的芬芳，

你是通往未来的大道康庄！

月湖春晨

湖边杨柳站成一排，

把东方地平线抬高。

此刻，日出树杪，

让我与太阳的距离，

是从未有过的一步之遥。

我信步走去，张开双臂，

一头扎进太阳的怀抱。

采风

一骑单车不需铃铛，
一路闲逸恣肆汪洋。
看到了柳树临水成对成双，
看到了千沟百壑原野荒凉。
难堪小溪里拉出打鱼的网，
难堪老桥下钓翁端坐安详。
难堪去年稻茬衬今年花黄，
难堪池塘清浅浮孤独鸳鸯。
难堪麦苗羞涩留不住斜阳，
难堪晚风摇曳无人的村庄。
从三丈街直到两尺巷，
从日三竿直到影子长。
走到山穷水尽古木苍苍，
走到乱云飞渡地老天荒。
随心搭起高高的墙，
随手扯来曲水流觞。
飙一个曲子发一句喊，
扔一块石头听一声响。
叹一声程复程来弯复弯，
都是为景复景来，
好唱三叠阳关。

让我们一起感叹宇宙之大

哈，

哈哈，

哈哈哈，

哈哈哈哈！

让我们一起感叹宇宙之大！

地球上某个黄昏稍稍放纵的空气对流，

就足以让人间充斥着无边的害怕。

可是，

我们哪里知晓，

围着太阳转动的所有天体，

合在一起的份量，

还不到太阳系总质量的百分之零点一八。

而在银河系中，

象太阳系这样的组织，

就有四千亿家。

如果有人问，

这肯定是全部了吧？

我只能告诉他，

这说的是哪的话？

在茫茫宇宙里，

太阳系，

不过是一朵小小浪花。

瞧瞧，

我们这些自以为是的地球上的人类，

有什么理由自矜自夸？

有什么理由老想把对手踩在脚下？

既然如此，

来来来，

预备，

开始，

让我们一起赞叹宇宙之伟大！

圆明园的石头

你，

走过了桑田沧海，

穿越了亘古洪荒。

错过了女娲的七彩炼炉，

错过了始皇的万里长墙。

没等来雨花台的腥风血雨，

没等来三峡坝的荡气回肠。

你，

见证了秦时明月汉时关，

见证了万里长征人未还。

听说过稍逊风骚唐宗宋祖，

听说过略输文采汉武秦皇。

你，

许是阴差阳错，

许是命运使然，

许是在一个明媚清晨，

许是沐浴着万道朝阳，
邂逅了华夏君王，
遇见了能工巧匠。
你，
承受了千凿万斧，
承受了打平磨光。
一纸诏书荣耀骤至，
被砌进了皇家林园。
于是，你，
见惯了夜夜笙歌日日承欢，
见惯了万方朝仪大国央央。
遭受了世态炎凉雨雪冰霜，
遭受了星月陨落兵锋刀枪。
如今，你，
静静扮演美丽的残垣，
默默守望破碎的家园，
悄悄回忆曾经的辉煌，
淡淡诉说无尽的悲伤。

屋和树的对白

振华书馆，

雨湖垂杨。

一个端庄大气，

一个遒劲沧桑。

一个承载育人使命，

一个见证城市发展。

一个经纶满腹默默坚守，

一个风雨无阻殷殷期盼。

一个倒映书湖更添秀色三分，

一个迎合秋光望断云舒云卷。

一个说九月啊来年再见，

一个说十月哟不见不散。

一个说历史毋多叙，

一个说明日共辉煌。

一个说你来说，

一个说你来看。

振华书馆，

雨湖垂杨，

齐携手，

聚十月，

同起航！

注 雨湖，指安徽省马鞍山市雨山湖。

天安门前的花篮

天安门前的花篮，

映衬着昊天的瓦蓝。

正面的四个方正文字：

祝福祖国，

在九九艳阳下，

熠熠生光。

虽然我不能亲临现场，

但我，

一样能听到国旗猎猎；

一样能用心触摸纪念碑上的雕像；

一样能听到喷泉的霸气叮当；

一样能感受到领袖的深邃思想。

天安门前的花篮，

端坐花海，

仪态万方。

荫佑着全球儿女，

震慑着寰宇八荒。

天安门前的花篮，

虽然我不能亲临现场，

但我，

能在遥远的江南，

大声高呼：

祖国啊，

祝您万寿无疆。

新月

从来就怕新月，
也许是曾经被镰刀割破手吧。
从来又爱新月，
也许是爱温润如玉的色泽吧。

己丑深秋暮色心情（其一）

雪，纷纷扬扬。
已然花去一个昼夜的时光，
却无法让大地素裹银装。
纵然下得个性张狂，
竟不能让人心花怒放。
也有沙沙的天籁音，
也有变幻的俏身型，
但总不如儿时的那一场来得酣畅。
是自己少了几份少年狂？
又或是没了劳利雀，
不见了嘴短长？

己丑深秋暮色心情（其二）

早已习惯了在扭头窗外的瞬间，

捕捉落晖满眼。

没有芳草连天，

更无山接斜阳。

唯有浅浅的暖，

轻逐梧绿，

慢慢荡入心坎。

间有小鸟，

或追逐梧梢，

或叶间小憩，

伴鸣声不时，

呼朋引伴。

想夕晖渐行渐远，

鸟儿任意去来，

心便也被情绪塞满，

一半是喜悦，

一半属无端。

此时，

梧桐新绿依旧。

只是合着乍暖还寒。

为何如此感伤？

许是衣着太单，

又或是害怕走向夜的黑暗？

没有答案。

己丑深秋暮色心情（其三）

办公室的窗外，路的那边
立着一排高大的梧桐，
树树茂密浅黄的叶。
落日余晖，洒在梧叶上，
把每一片都弄成了金黄，
浅浅地暖着人的眼，
并慢慢暖遍全身。
又是室内无人，
又是独自临轩。
斜倚桌旁，
雾里看花般，
任思想随轻风在梧叶上任意去留。
看得见，窗外的景；
猜不透，凭窗的人！
夕晖稍纵即逝，
梧叶不再金黄。
一个冷颤，轻轻的。
向晚意不适啊！
只是无法"驱车登古原"。
难寻古道西风的情境；
没有宝马雕车的香艳；
没有一二知音相随！
看得见，窗外的景；
猜不透，凭窗的人！

己丑深秋暮色心情（其四）

总是在不经意间，

想起一些人，

还有一些事，

伴着几许快乐，

几许怅惘，

全都是师出无名的情绪，

不可深究，

只可意会，

难以言传。

个中喜悦，

个中伤感，

似三春细雨，

又如秋日艳阳，

既将我浅浅滋润，

更将我慢慢灼伤。

恰似我现在独处，

一个人静静地思索，

悄悄地回忆，

既有人生阅历渐丰的喜悦，

又隐隐怀着对未来的不安。

灯火跳荡

停电了，我点燃蜡烛，
一时间，灯火跳荡。
我的思绪飞回到四十年前，
回到那个叫做月湖的村庄。
灯火跳荡，那曾是父亲的打谷场。
灯火跳荡，那曾是母亲的老磨坊。
灯火跳荡，那曾是我和弟苦读的脊梁啊，
灯火跳荡，那是贫瘠岁月的苦与难。
灯火跳荡，照着我
从田间垄头到三尺讲坛，
从少不更事到世事深谙。
灯火跳荡，
万千思绪齐奔心上，
我一时难以承受，
竟独自泪垂黯然神伤。
细细想来，
灯火跳荡，是尘封了的不堪回首的过往，
灯火跳荡，是看得见的盛世躬逢的共享。
灯火跳荡，是漫卷诗书的娴雅，
灯火跳荡，是巴山夜雨的浪漫。
灯火跳荡，红尘不会把你遗忘哟，
因为你，
曾陪伴一代代人成长，
你是接续霓虹的吉祥与力量。

映书湖上晒太阳

一个人
静静地晒着太阳，
这冬日的午后的暖阳。
背倚石墙，感受湖光。
阳光以四十五度角，
从映书湖斜上方，
轻轻洒向我的青袄，
慢慢渗入我的胸膛，
一并把寒风捂暖了，
再小心翼翼地拂上我的脸庞。
手机提示：今日大寒?
但此刻，
节气与四围
是多么地不相干。
闭上眼睛，关上思想，
任红尘俗事，
在鸟儿的呼朋引伴中越走越远。
似睡非睡，亦真亦幻，
打算就这样放松地，
僵持进黄昏的空旷校园。
忽然，一阵救护车的铃音，
把我从亘古洪荒里拽回，
让我意识到，
还有一众文案尚待做完。

感时戏作

步出小区北门，
越过蓬莱路，再往右转。
自西向东，目视前方，
把右脸放进
正在回归北半球的太阳的暖；
让左脸继续感受着
江南少有的寒。
此刻，
冷暖在脸上较量，
阴阳在鼻尖纠缠。
虽无声息，
却暗流涌动，热闹异常。
但是，我
不敢言语、不敢发笑、不敢歌唱，
甚至于有些
紧张不安。
因为，我的这张
渐被红尘忽略的脸庞，
分明已做了移动的季节战场。
我担心
我不经意间的每一个细小表情，
都会影响战争走向！

后　记

　　经过一段时间的整理与校改，个人近几年来所创作的部分诗词终于结集完成。其实，整理出版个人诗歌作品，此前我从未想过，只觉得是自娱自乐，大多于闲暇随手而记，或随性放在朋友圈，或干脆任其不知所踪。直至前年夏季的一次大学同学会，一位就职于出版界的同学提醒我："天天读你大作，受益匪浅。但同学圈毕竟是小众，你要让作品走向大众，让更多人知晓，让更多人受益。你大可以遴选出一部分，出个集子。"我不置可否。但同学口若悬河，滔滔不绝，最后还慷慨总结道："若大作出版，一者，可以对自己所学所思有个交代，莫辜负了自己多年的古文功底；二者，可以对自己生年以来，还可以对当今时代做个特别的记录，令我等退休后人手一册，细细品味，慢慢回忆；三者，可以通过古典诗歌的形式，弘扬中华传统文化；四者，可以丰富出版成果。此四者，足矣，行动吧。"在场同学皆拊掌齐和，我亦微微含笑，默不作声，算是彼此达成了默契。

　　但这份默契并未维持太久的热度。同学会散后，我左右权衡，一方面觉得老同学所言绝非客套，另一方面又隐隐害怕，担心一旦结集出版、公之于众，会否因内容浅显、立意有限而贻笑于大方之家。再三犹豫，慢慢又淡忘了此事，渐渐又过去了近一年时间。

　　去年秋季，我应邀参加了一次古诗创作采风活动。活动结束后，随他人一起拜访了诗歌界的几位德高望重的长者。交谈间提到当今结集出版个人古典诗歌作品之事，我也顺便将出版界同学所言相告，顿时引发现场谈话高潮。大家均认为同学所言不虚，可以一试。我便随手从个人微信朋友圈调出几篇个人作品呈阅于长者。长者阅后均高竖拇指，大呼有料，建议尽快结集出版，以服务于公众阅读。观长者表现，绝非恭维，当然更无恭维晚生小辈的必要。这给了我极大的信心与勇气。于是，我便静下心来，腾出时间，着手从我的QQ空间、微信朋友圈，甚至他人的空间或朋友圈跟帖，梳理归拢几年来的流水账，加以甄选。去年初冬，书稿初步成形，竟然是不薄的一本，心里也颇有些欣慰。

我将书稿转呈数位中华诗词学会会员诗友以及高校同行，请他们提意见。他们大多不吝赐教，还主动为我作序。我多年来主持高校阅读推广以及社科知识普及工作，创建了安徽省级终身学习品牌"爱阅之悦""光影阅读"以及安徽工业大学"振华讲坛"。诗友及同行建议，书稿出版后，应大力宣传推介，使之在全民阅读尤其是高校讲坛文化建设中发挥重要作用。

以上便是本书得以结集成稿之过程，冗长且浪漫。本打算以古典诗词作为全部内容，但又考虑到现代人对于古典诗歌的现有实际接受能力以及阅读兴趣，便增加了少量现代诗歌，总量五分之一弱，亦皆为本人近年所作，以增加全书的可读性及普及度。

出版后，我将谨记诗友及同行建议，使之在文化实践中，帮助越来越多的大学生爱上诗歌，创作诗歌，以行动传播文化，以陶冶高雅情操。

陈光华

2020 年冬于勤华阁